九说中国

民间传说里的中国

段怀清 著

上海文艺出版社

出版者的话

作为人类四大古文明之一,华夏文明是世界上唯一没有中断并持续发展到今天的文明体系。这一文明体系发源于中国这片土地,在这片土地上发展壮大,立足于这片土地,敞开胸怀接纳吸收来自全人类的优秀文化元素,并不断向周边国家乃至全球传播,在对外交流中又进一步得到完善,从而形成了当今中国的文化面貌,也塑造着我们华夏民族优秀的精神品格。

对这样的文化,我们完全应该有充分的自信。而文化自信,是一个国家、一个民族发展中最基本、最深沉、最持久的力量。为此,我们决定组织编写这套"九说中国"丛书。

"九"这个数字，在中国传统文化中有着特殊的象征意味。在古时，九为阳数的极数，又是大数、多数的虚数，所以，既可以表示尊贵，也可以代表全部。据《尚书·禹贡》所载，大禹治水，后来称王，将天下划分为徐州、冀州、兖州、青州、扬州、荆州、豫州、梁州、雍州等九州；后来，九州可以代指整个中国。青铜器有"九鼎"，成语"一言九鼎"表示说话有分量。"九"还与"久"谐音，有长长久久、绵延不绝之意。

"九说中国"系列丛书在体例上力图打破传统的学科界限和历史分期，从文化表现的角度着眼，系统展示华夏五千年文明的核心元素与基本样貌，凸显中国思想的博大精深、中国文化的源远流长、中国精神的丰富多彩，进而揭示华夏文明所具有的独特气质和深刻内涵，展示华夏文明的兼容并蓄和强大生命力。

中华优秀传统文化需要创造性转化，需要创新性发展；转化与发展最终一定是从实处、细微处生发出来。"九说中国"系列丛书邀请对中国文化素有研究的学者，从承载中华优秀文化的诸多细小的局部和环节入手，从最能代表中国气质、中国气象、中国气派的人物、事物、景物、风物、器物中，选取若干精彩靓丽的内容，以生动的语言和独特的叙事方式，描述华夏传统的不同侧面，向读者传达中华优秀传统文化的精气神。

"九说中国"系列丛书将分辑陆续推出，每辑九种。第一辑九种书目，涉及文字、诗歌、信仰、技术、建筑、民俗日常，并推究建立于其上、传承数千年的华夏观念。为了让海外读者有机会了解中国文化的博大精深和丰富多彩，本丛书在适当的时候还拟推出多种语言的国际版。

上下五千年，纵横一万里。"九说中国"系列丛书力求涵盖面广，兼顾古今，并恰当地引入中外比照；做到"立论有深度，语言有温度，视野有广度"，同时用当代读者喜闻乐见的表达形式加以呈现。

当然，丛书的编写是否达到了策划的预期，还有待读者诸君评鉴。欢迎各位随时提出批评改进的意见和建议。

目录

前　言 / 001

一　白蛇传说 / 001

二　孟姜女传说 / 047

三　牛郎织女传说 / 067

四　梁山伯与祝英台传说 / 091

五　目连救母传说 / 121

六　八仙过海传说 / 151

七　端午·屈原传说 / 173

八　狐精传说 / 191

九　钟馗捉鬼传说 / 217

参考文献 / 241

后　记 / 251

前 言

月亮哥哥,
你莫割我。
割把韭菜,
熬汤你喝喝。

这是我小时候经常听到外祖母哼唱的一首民谣。这首民谣不仅是我小时候最熟悉同时也最能让我情绪安定的摇篮曲,甚至也成为后来很多夜晚抬头遥望天上那一轮明月之时,我心中时常会回荡起的旋律。它不仅成为今天的我与童年时代的我之间依然能够不时"相遇"的桥梁，也影响甚至塑造了童年时代的我对于月亮、天空以及浩渺的宇宙天际的想象与向往。

一天，一个书生在路上行走，突然天阴并下起了雨。路上、田里的人赶紧撒开腿就往回跑。雨越下越大，路上也看不到什么人影了。书生身上淋得透湿。他看看前后左右没有人了，就把长衫下摆卷起来塞在腰间，提起裤腿也跑了起来。还没跑几步，听到有人吆喝，"书生跑路哦，书生跑路哦"。书生赶紧放下裤腿和长衫下摆，又四平八稳地在路上雨中走了起来。

这是我小时候从外祖母那里听到的一个小故事。故事情节简单，但它所表达的寓意，在我看来却并不简单。甚至可以说它相当准确而且不乏深刻地表现了民间视野和民间叙事中的书生形象，以及书生文化与农民文化之间所存在着的"差异"。在这个民间故事中，你甚至能够找到解读鲁迅的小说《孔乙己》中孔乙己的命运的某种隐秘暗示。

中国是一个民间文化资源与遗产甚为丰富的国家。民间神话、故事、传说、歌谣等是民间文化中引人瞩目的一部分。这一部分不仅与历史上的民间社会、日常生活以及风俗习惯等息息相关，而且迄今仍存在于当下民间社会、日常生活以及风俗习惯之中，一定程度上依然影响甚至塑造着中国人的生活观、情感观与审美观。这些民间神话、故事、传说、歌谣等，曾经对民间社会及民间文化的生成发展产生过一定作用，对于生成民间社会共同的历史文化记忆及情感思想认同亦曾有过令人印象深刻的贡献。

当然，这些民间神话、故事、传说及歌谣等大多都有一定的地域性。其中，有一些民间传说的形成、播衍及其流传，具有时间久、地域广的特点，而且影响深远，这些传说就包括"钟馗捉鬼""八仙过海""端午·屈原传说""狐精传说""目连救母""白蛇传说""梁山伯与祝英台""孟姜女""牛郎织女"等。这些民间传说迄今依然耳熟能详、妇孺皆知。

民间传说的形成有一个特点，那就是初发于民间，在民间口口相传并通过各种民间曲艺形式传播，文人雅士的关注及参与辑录书写改编，由此形成民间传说两条线流传的基本格局。这两条线索——口头语体与书面文字、民间社会与文人群体——又彼此交叉渗透，共同推动着这些民间传说的播衍、流传。尤其是进入到现代社会之后，通过一些现代大众文化传播手段及媒介，不少曾经传播久远的民间传说，又获得了新的生命，进入到当下人们的文化生活和情感及精神世界之中，成为当下文化建设中依然具有活力的传统文化资源。

与上述生成方式相关，民间传说一般都具有如下一些特点：

（一）同样一个传说，不同时代、不同地域、不同文化圈层、不同作家文本之间，可能会存在着较为明显的差异；

（二）这些差异不仅体现在这些民间传说的基本人物形象、故事情节、人物关系以及叙事方式上，而且在传说主题及情感、行为审美的诉求表达上亦各有风格与差别；

（三）也就是说，即便是那些迄今仍妇孺皆知、耳熟能详的民间传说，其本事仍有诸多不同的叙事文本。也因此，任何一次书写，其实几乎都是对这一民间传说的"重述"或"重构"，即书写者从自己的角度，从时代的角度，来对其他传说的一次改写，而不只是一种简单的"辑录"或"汇编"；

（四）这种"改写"在进入到现代社会和现代文化语境之后，呈现出更为明显亦更为剧烈的"改动"。无论这些"改动"是否成功，或者是否进一步推动了这些传说的播衍、流传，但在更富有主动性、自觉性及创造性地"书写"历史上的那些民间传说方面，现代社会与现代作家似乎表现出了更大的积极性以及更高的自由度和自主性。

而相比于民间传说生成方式上的上述特点，其播衍流传的方式、途径以及由此而形成的影响力同样值得关注，甚至更为值得关注。

事实上，民间传说生成方式上的某些特性，就已经对其播衍流传方式及影响力产生了影响。这种层累的、不断被本地化及自我语境化改写的、通过各种具有地方文艺形式而完成在方言及地域审美习惯上的文本转换的过程，实际上也就是民间传说播衍流布甚为重要的组成部分。

在汉语中文文学史上，口传文学是一条源远流长的浩荡江河，它足以与人们所熟悉、所熟读并精研的文人文学或精英文学或高雅文学并峙而立。从这条文学长河中，我们可以读出并感受到劳动人民、民间社会、世俗生活，以及日常现实的方方面面，同时也能够不乏温馨地体验感受到来自于这一文学长河的对于人性、人际关系，以及社会、世界、宇宙充满浪漫与好奇的想象。除此之外，从这一口传文学的长河中，我们还可以通过其中诸多侧面，来辅助认识了解中国人、中国历史以及中国文化的某些特性，包括集体文化心理以及集体记忆方式等。

壹 白蛇传说

作为古代民间传说中在近现代播衍流传依然甚广的一个传说，"白蛇"传说在其生成和流传史上，曾经有几个文本产生过划时代的意义，或者说对于该传说的播衍影响深远。这几个文本是《西湖三塔记》《白娘子永镇雷峰塔》，以及《雷峰塔奇传》和《雷峰塔传奇》。

这几个文本在该传说的本事上一脉相承，尤其是《白娘子永镇雷峰塔》与《雷峰塔奇传》《雷峰塔传奇》之间的关联性更为明显而清晰。而《西湖三塔记》则对这一传说的基本叙事要素、故事形态及文本结构，产生了奠基性的作用，譬如它将这一传说的发生地，明确地与杭州、西湖以及湖中三塔关联在了一起；尽管该文本并没有提到在后来的"白蛇"传说中至关重要的一些与西湖相关的地点景观，譬如孤山、雷峰塔、断桥、净慈寺等。

更重要的是，这是"白蛇"传说本事流传的链环当中较早成型的文本形态的叙述。如果将这一文本视为"白蛇"传说早期或发生期一个代表性同时又具有划时代意义的文本的话，《白娘子永镇雷峰塔》无疑是该传说成型期的一个代表性文本。而《雷峰塔奇传》及《雷峰塔传奇》则基本上宣告了这一传说在人物形象、故事线索及文本结构上的稳定成熟。而在时间上，从明中后期的《西湖三塔记》，到清初中期的《雷峰塔奇传》，中间时间跨度约为三百年。

传说

《西湖三塔记》

《西湖三塔记》最早见之于明代杭州人洪楩的《清平山堂话本》。在此之前,与后来妇孺皆知的"白蛇"传说亦有所关联的传说,还有唐传奇中的"白蛇记"、宋话本中的《洛阳三怪记》,以及未见诸早期文献记载却在民间流传甚广的其他一些传说等。至于《清平山堂话本》中所收录的《西湖三塔记》的成书时间,至少有一点可以确定,那就是它不会晚于16世纪中叶。而该传说中所讲述的"故事"发生的时间，则为宋孝宗（1127—1194）淳熙年间（1174—1189），即12世纪末期。

《西湖三塔记》故事并不复杂，还带有较为明显的民间传说或说书人话本的印迹。它讲述的是杭州城里一位名叫奚宣赞的官宦子弟，清明节外出途中，在西湖边搭救一位名叫白卯奴的青年女子，因其一时说不出来家住何处，宣赞便将其带回自家中好生招待。后来卯奴的婆婆找上门来，对宣赞及其家人善待卯奴的好心义举很是感激，并热情邀请宣赞到自己家里做客。宣赞推辞不过，跟着这一老一少到其家中。而卯奴在家里除了这位上了年纪的婆婆，还有一位母亲——白衣娘娘。

奚宣赞至此方才明白，这位白衣娘娘原来是一条白蛇幻化所成，而且她专门依靠生食青年男子的心肝、吸食他们精血来提高自己的法力。宣赞在卯奴家中曾经两次险遭白衣娘娘生食，幸得卯奴在其面前求情方得以幸免。最后，卯奴冒着危险，把宣赞悄悄放了回去。

宣赞回家之后，受此惊吓，变得萎靡不振。碰巧他的叔父从龙虎山修道回来，发现宣赞身上满是妖气，一问究竟，随即赶到卯奴、白衣娘娘还有那位老婆婆的住处，用了道术，将这老少三个统统收服了。原来这是三个妖怪，分别为水獭精、白蛇精和乌鸡精。宣赞叔父后来又用三个石塔，将这三个妖精镇压在了西湖水中。这大概也是西湖三塔的传说由来。而且，《西湖三塔记》中所述之塔为湖中三塔，而非后来"白蛇传说"中的雷峰塔。

冯梦龙《白娘子永镇雷峰塔》

与《西湖三塔记》相比，《白娘子永镇雷峰塔》已经是一个有着更多细节、故事情节更加复杂完整、人物形象以及彼此之间的关系也更加生活化并具有浓厚现实生活气息及真实感的"传说"了。而所有这一切，与说书人文化水平以及叙事能力的提高有关，与冯梦龙这样的文人的参与辑录甚至润饰加工有关，当然也与越来越多的形形色色的传说者参与其间以及所付出的努力有关。

如果将《白娘子永镇雷峰塔》之前及之后的相关文本拿来对照，就会发现该文本在"白蛇传说"演变史极为重要的承上启下之位置与作用。

首先，就地理空间而言，《白娘子永镇雷峰塔》不仅保留了《西湖三塔记》中所出现的背景城市杭州，而且更是将这一故事传说发生的地域空间，从杭州扩展到整个"江浙沪"一带，尤其是还出现了杭州、苏州、镇江这些在今天的"白蛇"传说中依然延续使用的地域空间，包括"白蛇"传说中对于其故事及主题具有重要意义和作用的金山寺以及雷峰塔这两处景观。而就"白蛇传说"这一文本的情节内容以及主题意蕴而言，无论是金山寺还是雷峰塔，都是不可或缺的。而在《白娘子永镇雷峰塔》中，与金山寺、雷峰塔相关的故事情节，亦基本上与后来所流传者大体一致。

其次，就《白娘子永镇雷峰塔》中的人物形象以及人物关系而言，基本上亦与后来广为流传的"白蛇"传说相符，不仅有了许仙、白娘子、丫鬟小青、许仙的姐姐姐夫、金山寺的和尚法海等，而且他们之间的关系，也基本上与后来的传说相近。当然，在《白娘子永镇雷峰塔》中，单就人物形象以及人物关系而言，也有与后来广为流传者或习惯认同者有所差异的地方。譬如在该文本中，尽管出现了金山寺和法海，甚至也出现了许仙到金山寺观光进香的情节，还出现了前来寻找许仙的白娘子和小青在过江的船上被伫立岸边的法海呵斥惊吓、跳船而逃的情节。但白娘子和小青不仅没有大胆勇敢地挑战法海威权，甚至也没有后来被视为这一传说情节与主题高潮的"水斗"或"水漫金山"。这表明尽管《白娘子永镇雷峰塔》这一明末清初流传于江浙沪一带的民间传说已经极为接近后来所流行的"白蛇传说"，但其中有些关键因素，依然处于被修正或再创作之中。

再次，在冯梦龙所辑录的这个口传文本中，"白蛇"传说的故事线索乃至整个结构的基本形态均已呈现。无论是故事的缘起、发展、高潮乃至结局，与后来的"白蛇"传说高度相似。至于该文本在语言以及叙事上的某些啰嗦松散甚至略显不大谨严的地方，表明作为辑录者的冯梦龙，并没有过度对其进行加工，基本上保留了其民间口传的原貌或原来的语言生态及审美风格。

当然,《白娘子永镇雷峰塔》在辑录保留民间传说或说书艺人们的言语口传的同时,还是有一定的加工或修饰。这些主要体现在对于该传说主题意蕴的揭示与概括方面。尽管该文本并没有完全封闭其在主题意蕴方面的丰富性或开放性,但在开篇和结尾处的题诗中,还是试图就这一传说的劝诫教化意义予以澄清总结。不过,这一形式与内容上的"加工",与其说与冯梦龙有关,还不如说是延续的宋代话本小说或说书文本在形式上的套路惯例。

黄图珌《雷峰塔》与方成培《雷峰塔传奇》

清朝有两部对"白蛇传说"产生过重要影响的戏剧作品,一为黄图珌(1699—1752)的《雷峰塔》(二卷),另一为方成培的《雷峰塔传奇》(四卷)。

黄图珌《雷峰塔》(清乾隆三年看山阁刻本)上下卷

目录如下：

上卷目录

慈音/荐灵/舟遇/榜缉/许嫁/赃现/庭讯/邪祟/回湖/彰报/忏悔/话别/插标/劝合/求利/吞符

下卷目录

惊失/浴佛/被获/妖遁/改配/药赋/色迷/现形/掩恶/棒喝/赦回/捉蛇/法剿/埋蛇/募缘/塔圆

方成培的《雷峰塔传奇》前有"自叙"一篇，署"乾隆辛卯冬月，新安方成培仰松甫识"。此叙文不长，兹录如下：

《雷峰塔传奇》从来已久，不知何人所撰。其事散见吴从先《小窗自纪》《西湖志》等书，好事者从而摭拾之，下里巴人，无足道者。岁辛卯，朝廷逢璇闱之庆，普天同忭，淮商得以恭襄盛典。大学士大中丞高公语银台李公，令商人于祝嘏新剧外，开演斯剧，只候承应。余于观察徐环谷先生家屡经寓目，惜其按节甂瓵之上，非不洋洋盈耳，而在知音繙阅，不免攒眉，辞鄙调伪，未暇更仆数也。因重为更定，遣词命意，颇极经营，务使有裨世道，以归于雅正。较原本曲改其十之九，宾白改十之七。"求草""炼塔""祭塔"等折，皆点窜终篇，仅存其目。中间芟去八出。"夜话"及首尾两折，与集《唐》下场诗，悉余所增入者。时就商酌，则徐子有山将伯之力居多。既成，同人缪相许可，欲付开雕。余笑曰："不能独出机杼，徒尔拾人牙慧。世有周郎，必不顾之矣。"吴子凤山曰："吾家粲花，撰《画中人》，本于范驾部之《梦花酣》，《疗妒羹》取诸《风流院》，实擅出蓝之誉。夫臭腐可化神奇，黄金点于瓦砾，而何蹈袭之嫌？且原本所在多有，识者自能辨也。"遂为点校行之。是塔实吴越王妃所建，又名黄妃塔，旁有白莲寺，嘉靖时毁于火。宋禅师镇压白蛇事，其有无盖不足论云。

《雷峰塔传奇》目录

第一出　开宗

第二出　付钵

第三出　出山

第四出　上冢

第五出　收青

第六出　舟遇

第七出　订盟

第八出　避吴

第九出　设邸

第十出　获赃

第十一出　远访

第十二出　开行

第十三出　夜话

第十四出　赠符

第十五出　逐道

第十六出　端阳

第十七出　求草

第十八出　疗惊

第十九出　虎阜

第二十出　审配

第二十一出　再访

第二十二出　楼诱

第二十三出　化香

第二十四出　谒禅

第二十五出　水斗

第二十六出　断桥

第二十七出　腹婚

第二十八出　重谒

第二十九出　炼塔

第三十出　归真

第三十一出　塔叙

第三十二出　祭塔

第三十三出　捷婚

第三十四出　佛圆

播衍

无论是冯梦龙的《白娘子永镇雷峰塔》,还是方成培的《雷峰塔传奇·自叙》,均提及他们所讲述的这一"白蛇传说",乃宋时传说。前者言"话说宋高宗南渡,绍兴年间,杭州临安府过军桥黑珠巷内,有一个宦家,姓李,名仁。见做南廊阁子库募事官,又与邵太尉管钱粮。家中妻子有一个兄弟许宣,排行小乙。"后者则云"宋禅师镇压白蛇事,其有无盖不足论"。可见在宋代,为今人所熟悉的这一白蛇传说(雷峰塔传奇),已经流布于世。甚至在《西湖三塔记》中,亦声言该传说发生于"宋孝宗淳熙年间"。可见北宋南渡以及临安偏安,当为此传说播衍开来的时代背景。至于这一传说是否因为北宋政权南渡而由开封地区播衍至江浙一带，似乎还有待进一步的考察。不过有一点可以肯定，那就是在为后来者所熟悉、接受并认同的这一"白蛇传说"文本中，它已经很好地解决了"在地化"的问题，也完全看不出任何北方文化或中原文化的痕迹。

地域空间上的播衍流传

作为一个带有一定地域色彩的民间传说，"白蛇传说"与江南地区的自然地理及人文空间联系较早，而且地域文化特征也较为明显。撇开传说中的人物形象及其情感与行为方式，其中展开演绎的地域空间，就与杭州、苏州、镇江这些历史上曾经繁华一时的都会城市联系紧密，而且这个故事产生及演变的过程中，亦打上了比较深的都市市民文化的烙印。

文本形式上的播衍流传

各种曲艺形式的白蛇传说，在该传说播衍流布过程中曾经起到过积极的推动作用。在傅惜华上世纪 50 年代初期编纂出版的《白蛇传集》中，辑录了全国各个不同地域中有关该传说的地方曲艺形式，包括东北和华北地区流行的"马头调""八角鼓""子弟书"，以及各种"鼓词"，河南地区的"鼓子曲"，华东地区流行的民间小曲"山歌""南词"，以及"传奇""宝卷"等四十八种。这些流行于大江南北民间社会的地方曲艺形式，一方面推动了该传说在全国范围内的流传，同时又与各地方的地域文化发生了交融，生成了一些带有一定地域色彩的改写本或扩展本——这里所谓改写本或扩展本，并非是对整个白蛇传说的"改写"或"扩展"，大多数都是在口传过程中即兴对该传说中的片段进行"加工"。

这些"加工"不仅涉及传说中的故事情节，在有些重要的改编文本中，亦有对该传说的主题以及人物形象等作出"改动""修正"者。

一些同文类的艺术形式——小说、弹词、戏曲等——与白蛇传说主题及故事之间的"隐秘"关系，常常被读者或听众观众所疏忽，甚至也被批评家研究者所轻易放过。对此，有学者曾就这种"隐秘关系"进行过探究与揭示阐发。"只要白蛇传说被当作一篇小说来读，或者当作一种民谣而广为传唱，其结局终归难逃负面消极，原因很简单，话本跟弹词都不过是为了博得娱乐而已，无论其中是否带有道德信息。而一旦该传奇被搬上了舞台，情况就发生了改变，这种状况出现在明末。"（伊维德，《白蛇与她的儿子：白蛇传说及其流变散论》，段怀清译。）换言之，这里似乎揭示出在民间传说过程中可能存在着的一种较为普遍常见的现象，那就是一些影响对象、范围相对有限的曲艺形式，在书写或表演过程中似乎享有更多的自由，与之相比，像舞台表演或者现代社会中的电影、电视剧这些媒介形式，在改编过程中或许就会面临着较大的挑战压力。这些压力不仅来自于普通读者观众，还有可能来自于当时的社会政治文化环境。

1947年，田汉曾就"白蛇传说"中的"游湖借伞""盗库银""盗仙草""金山寺""断桥""合钵"等情节加以改编，并将该传说易名为《金钵记》。这也是该传说播衍过程中比较重要的一次"中心位移"——从雷峰塔移动至金钵。1953年，该剧又删去"盗库银"这一对白素贞的形象有所不利的情节，结尾处增加了小青击败塔神、救出白素贞的情节，并将此剧更名为《白蛇传》。这一文本也是"白蛇传说"发展演变史上一个极富时代特色的文本。

内蕴

"白蛇"传说到底表达和传递的是什么样的思想与情感？从《西湖三塔记》到《白娘子永镇雷峰塔》，再到《雷峰塔》以及《雷峰塔传奇》，在此三四百年间的播衍流布过程中，又在该传说中注入了哪些新的思想、情感和诉求？

白蛇传说主题的流变，与其故事的流变具有内在统一性。无论是主题流变或故事流变，大体上皆与白蛇"身份"的定位具有内在关联。当白蛇被定位为一个祸害青年男子的妖魔精怪的时候，白蛇传说的主题就集中于淫乱主题，而其故事，也就集中于白蛇与年轻男子之间，且以白蛇的引诱和青年男子的上当受害为故事线索；而当白蛇被定位为一个前来人间报恩的义妖时，白蛇与许仙的传说主题就会偏向于两者之间的"情爱"或"情义"，尽管其中有时候还难免回避"猎奇"这一痕迹——无论是白蛇对于人间男子的猎奇，还是许仙对于妖媚女子的猎奇。

"猎奇"主题既是白蛇传说在流变过程中以一种有所掩饰的方式来延续最初该传说的主题与故事的形态，也是人性——读者、听众与观众——的一种需要得到满足的方式。而当白蛇被定位为一位贤妻的时候，白蛇传说的主题就朝着世俗价值中的夫妻和谐、发家致富或者所谓"家和万事兴"的方向发展。而"家和万事兴"的核心，在一般世俗意识中，往往是"家有贤妻"。而在这种主题设计之下的故事想象与叙事，自然是白蛇如何相夫教子、如何帮助丈夫出谋划策经营家业，甚至还如何和睦邻里乃至热衷社会慈善等。白蛇的形象，也从"妖精""义妖"，大幅度地转型成为一个来历背景被基本"漂白"的美丽、贤惠、聪明、理智、干练且温柔多情的少见贤妻良母，甚至成为人间女子的榜样——从与人间女子抢夺男子的妖精，到人间女子们学习效仿的榜样，与其说白蛇发生了"天翻地覆"的转变，还不如说是人间社会的价值观在白蛇身上或者白蛇传说中发生了令人眼花缭乱的调整。

白蛇到底是妖精、义妖，还是其蛇的身份背景完全可以忽略不计、不问出身只看当下的贤妻良母，譬如究竟是只能够被囚禁起来的妖精，还是最终必须被搭救出来的"母亲"，此中调整的关键之一，就在于"白蛇"是否有孩子——这个孩子还不能是女儿，必须是儿子。"在白蛇传说的话本版中，只是很表层地叙述了一只只能被囚禁起来的危险精怪，但在后来的版本中，则成了一个犯了罪又得了救的女子。许多学者强调指出，方成培的白素贞本子已经掩饰了白素贞的精怪属性，而最终她所遭受的惩罚，如今则被视为是因为她作为一个女性过于人性化的必然结果。"（伊维德，《白蛇与她的儿子：白蛇传说及其流变散论》，段怀清译。）

妖魔与欲望主题

这也是"白蛇"传说起源阶段较为常见的一种主题。但多少有些出人意料的是，这一主题迄今仍有相当生命力。

显而易见，民间想象和叙事中的所谓妖魔，很多时候不过是古代先民对于人的"情欲"或"欲望"无法理解也难以掌控之下将其"妖魔化"的一种因应处理方式。这种处理方式如果说在前科学时代尤其是心理学等尚不发达时代还较为常见的话，在现代社会和现代语境之中，这种将人性情欲"妖魔化"处理的方式，则是被一种结构性的象征叙事与审美表达所替代。

在不同时代、不同文体文类的"白蛇前传"文本中，魔怪与色诱是其中最基本的要素构成。魔怪既是对白素贞"身份"的一种判断与定位，也是对以此为中心的故事叙述的一种限定；而"色诱"则是对这一故事传说主题性质的明确界定。在这一叙事线索与结构中，基本上是以白蛇和许仙这一对妖魔与人间的两个生命存在为中心而形成的一个人—妖二元世界，并由此而演绎出一个人妖乱伦的"前家庭"时代或状态的欲望故事。

在这种叙事诉求、书写实践，以及表演形式中，叙事者/写作者/表演者所释放的，是一种对于生活边界与伦理禁忌触碰乃至突破的冲动与激情，也是对构成中国传统社会的正统主流价值观念的一种漫不经心的挑战尝试。这种挑战又因为其民间传说的故事形式及审美性质而多少显得有些难以承受上述思想与文化之重。而它所展示出来的人间男子对于白蛇诱惑的难以抗拒，部分原因也许与人类或民间社会对于生命/性欲的自然本质及其控制乏力的忧虑与恐惧有关。

对于"白蛇传说"尤其是"白蛇前传"的淫乱主题及野合故事类型，曾有学者提出"许多痴迷上一个妖精的故事，其中都并没有多少真情实爱，只不过是欲望与诱惑而已。"（伊维德，《白蛇与她的儿子：白蛇传说及其流变散论》，段怀清译。）值得注意的是，在此类主题和故事中，一般并没有出现所谓降妖除魔的道士和尚，大多不过是为了恐吓听故事的人而编造出来的一种怪异故事而已。

在这种类型的故事中，白蛇与青年男子的故事，亦就难免大多是青年男子精血耗尽、归家之后无疾而终或暴疾身亡。这是典型的恐吓式的叙事模式——以青年男子的轻信盲从和迷失放纵，来作为其承担暴亡结局的原因。故事中的当事人的内在自我的迷失与外在自我的死灭，存在着直接的因果关系。在这种故事叙事模式中，大多未见引进超出世俗人间力量的他者：道术法力；只有当事人来承担如此令人恐惧之后果，引诱者也无法得到惩罚——被诱惑者的死，已经代替白蛇受到了惩罚，只是被惩罚的不是白蛇，而是后来的许仙之原型。这种叙事方式，符合民间所谓"自作自受"的惩罚心理，即当无力或无法惩罚施害者时，就抱怨、责怪，甚至惩罚受害者。这种普遍心理，在中国传统文化中——无论是在家庭文化心理还是社会文化心理中——其实颇为普遍常见。因为惩罚施害者较为麻烦，而且很多时候也超出了受害者家庭乃至家族的能力，甚至还会导致受害者家庭因此而遭受更大更多损失乃至于倾家荡产，于是这种惩罚受害者以警示劝诫其他青年子弟的叙事模式，亦就基本能够满足生活中家长们的现实需要。

血脉传承与家庭发达主题

这一主题在后来该传说的多种叙述文本中一直得以维持延续，并在影视媒介发达的时代，尤其是接近一般市民生活的电视剧作品中得到了进一步发扬光大。电视连续剧《新白娘子传奇》中，充分肯定并扩展了该传说中所包含的这一主题，即以家庭血脉、人伦亲情以及日常世俗生活价值为中心，以家庭伦理和世俗价值为依托及诉求，建构起这一民间传说的叙事逻辑与伦理审美。其中白素贞相夫教子、发家致富的"贤良"，以及许仙、白素贞之后，其后人在许仙姐姐、姐夫抚养教育之下苦读成才的故事，都在昭示这个传说在民间世俗语境中强大的生命力。

尽管在现代社会及现代语境中,这种血脉传承及家庭发达一类的叙事逻辑与伦理基础不断遭到质疑冲击,尤其是在现代都市社会、大工业生产以及科技日趋发达的当代社会中,传统社会中以大家庭为中心、为基础的社会形态及价值伦理,正在不断被稀释动摇,取而代之的是现代价值中的以个体为中心或小家庭形态。但作为一种曾经的家庭形态、社会结构、生活方式,以及价值伦理,白蛇传说中所包含、传递的思想、文化与审美内涵,在进入到现代社会之后尽管已经松动甚至于破碎,但尚未完全解体或灭绝,而且在时间上也没有远去。无论是作为曾经的生活方式还是曾经的记忆,这种传说中所蕴涵的种种内涵信息,一方面极为容易激发起今天的读者或观众对于过去时间的记忆追怀,同时也可以作为今天生活的一种并未远去的"他者",提供一种观照当下生活方式的参照。

在历史及当下的"白蛇后传"中,白素贞、许仙的儿子许仕林,高中榜首光耀门楣之后,遵循自己的母亲和姑母当初的约定安排，迎娶了自己的表妹。这是一种富有中国民间文化心理色彩及伦理逻辑的演绎方式——它以这种方式，进一步突出了血缘及亲缘在中国人的日常生活中极为重要的存在，突出了传承与延续在中国人的生命与生活价值和观念中不可动摇和取代的位置。这种重新回归血缘与亲缘的选择或朝向，将许仕林追求功名利禄、治国平天下的"外向"抱负，拉回到以家庭为中心的世俗伦理与价值之中，或者说将这种向外发展与家庭回归更富于内在思想与观念逻辑地关联在一起，呈现出一种符合儒家主流意识的个体—家庭—社会/天下之间互动生成的文化结构。

但是，无论是许仙搭救白素贞，抑或小青解救白素贞，有一点基本上是一致的，那就是许仙、小青与白素贞之间，都没有血缘关系。而在传统中国社会中一直得到看重推崇的"血亲"关系，在由许仙、小青超度搭救白素贞的传说中并没有得以借用或尊重体现，这一点，即便是在当代革命语境中的"白蛇叙事"，或多或少亦不免令人感到一些缺憾。尽管古代民间文化中有肯定赞美两性之间纯真美好爱情的丰厚土壤，但也有类似于"夫妻本是同林鸟，大难时刻各自飞"一类的质疑与告诫。究其缘由，似乎与传统中国社会根植于血缘宗法而对人与人之间的契约关系缺乏足够的信任与维护热情不无关系。许仙、小青与白素贞之间的关系，都只是社会关系中的诸多契约形态的一种而已，只有许仕林与白素贞之间的这种母子关系，才是素为传统血缘—宗亲理念所塑造影响的中国人发自肺腑地认同"白蛇传说"最终出现儿子解救母亲这一幕的共同心理与情感基础，而"白蛇传说"亦只有如此演绎，才完成了回归血缘—家庭本位的传统伦理：救母。而在这一叙述中，"救母"与儿子的成长和完成，其实是一体两面：儿子的成长与完成是过程，也是一种确定的道路和方式，而母亲的被解救，既是儿子长成的"结果"，也是儿子长成必须面对经历的一种考验及体现。如果说许仕林的中状元是一种社会功名意义上的长成与自我实现的话，救母则是许仕林在民间主流道德伦理意义上的一种认同与皈依，这既是对民间大众期待心理的一种满足与慰藉，也是许仕林另一种自我实现所面临的必不可少的挑战。

换言之，在这种"子救母"的叙事模式中，白素贞在幽禁与镇压中的等待，是以许仕林的长成为期待与结果的。当然伴随这一结果而来的，必须是许仕林的状元及第、返乡祭塔以及白素贞的出塔。也就是说，在这一叙事模式中，白素贞的出塔，不仅是预设好的，也并非是其等待的唯一最终结果。作为一个真正意义上认同皈依儒家家庭伦理的母亲，白素贞在寂寞、孤独和幽暗之中苦苦等待的更为重要的结果，是许仕林的长成——其中当然有自然成长，但更重要的，则是许仕林遵循着儒家正心诚意、格物致知、修齐治平的人文理想而最终结出的道德硕果。尽管一般民间传说中并没有过分展示许仕林的儒家修养功夫，反而更为突出其状元及第身份，这与其说是一种价值上的判断选择，毋宁说是民间信仰与世俗审美的一种艺术体现。

在早期的白蛇传说中——更确切地说是白蛇传说的早期原型或源流中——还没有出现后来成形并成熟的白蛇传说的基本情节和基本人物形象。此间的白蛇传说，基本上就是重复一个有关都市未婚青年男子邂逅蛇变或精变美貌女子，与之野合、苟合或冶游并最终失精暴亡的恐怖故事。在这种故事中，有几个要素是在后来的白蛇传说中被延续借用的：青年男子、蛇变或精变貌美女子、都市空间、色诱或男子受诱惑之后的不可自拔。在后来的白蛇传说中一直被延续的一个要素——都市空间——则往往被更具体的地域空间坐标譬如杭州、西湖、断桥、雷峰塔、苏州、镇江、金山寺等所遮蔽。其实只要稍微留心就会发现，白蛇传说自古至今，基本上将其故事传说的主要空间近乎固定地停留在古代一些大都会之中：西安、汴梁、杭州、苏州乃至镇江等。换言之，白蛇传说不是一个以乡土、乡村社会为主要发生地的民间传说，而是以都市、市民社会、都市青年男性为中心而想象建构的一个民间传说。

而这个都市社会，是以手工业作坊、商业、贸易、交通运输、消费等经济形态为中心而有别于农耕经济及农业社会的"新社会"。对于这样一社会，尤其是这样一个社会中的两性关系——以青年男性为中心——传统农耕文明中所形成的主流价值及社会伦理秩序未必依然适用或有效。也因此，这一传说，也可以看成是建立在传统农耕文明基础之上的儒家伦理话语及社会秩序在都市社会与市民群体之前所遭遇到的困境与挑战；亦可理解成如此叙事是为了在依然处于正统主体地位的儒家伦理话语及社会秩序得以存在及流传的一种修辞风格。

都市资本主义，以及在这种经济生产方式中人的个体化——在最初的白蛇传说中，许仙没有父母，也没有兄弟姐妹，而是孤身一人——对传统农耕文明体系中以大家庭为中心建构的个人伦理及社会秩序提出了一定挑战。而在后来各种艺术形式的白蛇传说中——包括当下各种曲艺形式的白蛇表演文本中——白蛇传说的故事地理空间的都市性被大大地忽略了，似乎白蛇传说是一个在任何地理空间与人文空间中都存在着生成逻辑的一种普遍型故事。其实这是一种误读，或者是对白蛇传说发生尤其是形成的关键时期的历史、社会、经济、人文综合环境的一种认知缺乏。

男女情爱与情义主题

即便是在妖魔化白蛇的传说中，其实也包含一种对于两性之间的"欲望""诱惑"及其背后可能潜隐着的男女情爱的叙事，尽管这种叙事的力量或逻辑，尚未足以挑战"欲望"及"诱惑"主题。

从对白蛇及此类故事的极端仇视、反感（家长、女性），到对白蛇的行为提供某种理解性的同情与接受（男子尤其是青年男子及部分家长），再到基本上接受甚至同情白蛇的行为，包括白蛇的被惩罚（普遍群体），白蛇传说在被听众和观众这里，经历了一个显而易见的演变。白蛇被惩罚固然表达甚至宣泄了对于白蛇动物式自私行为的痛恨和敌视，但也可能引发出一种情绪上的反弹，那就是既然白蛇已经遭受到如此严厉残酷之惩罚——超出了一般人世间的痛苦：这是一种在生理上和情感心理上的双重折磨，不仅承受着镇压的生理痛苦，还要承受漫漫长夜的孤寂和家人生离死别的煎熬，那么，白蛇是否可以被解救或者释放？

其实，在许仙、白娘子有儿子的这一故事情节出现之前的白蛇传说中，许仙对待白娘子的态度及认知，是界定二人之间关系性质的关键因素之一。当白娘子对待许仙的态度，是一种爱慕、奉献甚至牺牲的时候，许仙的态度及认知的意义也就变得更为重要。方成培的《雷峰塔传奇》中，还专门有一出描写许仙、白娘子婚后二人世界、夫妻生活的和谐美满，而这一幕场景的出现，与许仙对于白娘子的"真心"接受密不可分。但剧中在描写塑造许仙的性格时，同时还关注到了其游移不定以及软弱多变的一面。

而在田汉的《白蛇传》中，许仙的形象较之于方成培的《雷峰塔传奇》又有甚为明显之改变。过去的许仙虽然也有一些善良的品性，但在爱情上，无疑是个负心汉、薄情郎，甚至是镇压白娘子的帮凶。在方成培的《雷峰塔传奇》中，作者在文中多处谴责了许仙的薄情负心。《祭塔》一折，更是让这种不满与谴责从白娘子的口中直接说了出来。

而在田汉的《白蛇传》中，许仙是位有情有义的丈夫。当法海两次告诉他白素贞是千年蛇妖，必将害他性命时，他两次为白氏百般辩护。虽然也曾动摇过：先是听法海之言，用雄黄酒试探白素贞，并因此而吓死过去，后来又一度听信法海谗言而随其上金山寺，并由此而引发了"水漫金山"这一有违天条之举动，但当他得知白素贞为他历尽千辛万苦之后，便十分内疚，也深感白氏之情深，并毅然说出了"你纵然是蛇仙我心不变"的心声，承诺"许仙永不负婵娟。"。《白蛇传》后来的故事，基本上也就依循着许仙的这一心理情感逻辑，并将这种情感心理逻辑，逐渐推演成为一种明晰且坚定的立场信念，其中不仅包含着他对白素贞的夫妻情爱，而且亦体认到这种情爱之中提升出来的夫妻情义。第十五场《合钵》中，许仙忍辱向法海下跪，求其放过白素贞，被白氏拦下后又自我埋怨，"悔不该错把金山上，轻信法海惹祸殃。"而当法海收服了白素贞，还假作慈悲地对许仙说"你若不把金山上，早被妖魔吃下肚肠"时，许仙更是愤怒地斥责法海："吃人的是法海，不是妻房！"，而许仙这一形象，也就完成了从"负心汉"到"有情郎"乃至爱情理想和个人生活选择的坚定捍卫者。至此，许仙也就从一个依附于白娘子的形象，提高到一个站在白娘子一边"挑战"威权的志同道合者——从游移不定的"同路人"，到坚定不移的同志，许仙形象的改变，其实也就意味着"白蛇传说"中白素贞形象的改变，以及这一传说主题内蕴的改变。

性别权利与反抗主题

反叛与斗争，或者说"白蛇传说"的革命主题及故事类型的出现，是该传说突破传统文化结构的最具有颠覆性的"改变"。

在白蛇传说的流传演变中，其现代流变中最为引人注目的一种改写或突破，大概就是强调突出白蛇、小青作为被压迫者、被禁锢者和反叛者的形象，以及对于这一传说所可能隐含着的禁锢与自由、镇压与反抗主题的重新建构与阐释。而在这一主题结构中，孝子许仕林（或者许梦蛟）的地位开始下降，因为白素贞有了新的搭救者：小青。于是，小青在现代版尤其是田汉的京剧《白蛇传》中的位置显著提升，成为故事后半部分即"复仇""救塔"的中心人物。而小青的出现，也很好地回应了当代政治语境中"性"与"血缘"双重边缘化甚至被重新建构的时代状况。革命者、无产者或受压迫者的共同利益，替代了以血缘为基础的狭隘的家庭利益或自私自利的家族利益；而男女两性之间的"性"甚至"情爱"，更是在革命话语的挤压之下被边缘化或者掩饰起来。

毋庸置疑，民间传说中的"白蛇"故事里的反抗意识与精神，很多时候只是一种民间朴素本能的反威权、反干涉的意识与行为，但在现代革命语境中，上述意识与行为显然被赋予了全新的色彩或者阐释，甚至被演绎成为一种前现代革命版的民间传说。在这一叙事模式中，盗仙草、水斗以及搭救出塔几幕，无疑得到了特别的关注与重视。有意思的是，在此语境当中，"盗仙草"一幕中被突出强调的，已不是许、白二人之间的"爱情"，而是白素贞的大无畏的自我牺牲精神与战斗精神——盗仙草也从"盗"衍变成为了"夺"。尽管是一字之差，白素贞行为的性质已然发生翻转。由此开始，"白蛇"传说的主题，从"夺仙草"到水斗，再到最后的战斗出塔——获得自我解放不是依靠别人，还是自己。"白蛇传说"也在此意义上，完成了传统民间流行话语与现代流行政治话语之间的对话与接轨。

如果将白娘子、小青所象征的精怪灵异的力量存在，作为中国传统民间信仰以及传说中的一种非主流、非正统甚至反主流、反正统的异端"真实"，那么，白娘子最终为小青所搭救的传说模式，无疑是对这种"异端"真实的肯定甚至赞美。这种反抗的力量与意识，很多时候会与民间大众意识中对于现存体制、主流政治以及正统价值理念的不满甚至反抗关联在一起。更何况当有其它的反抗乃至革命的力量兴起之时，白蛇传说中一直存在的那些反抗与抗争意识及主题就会被重新发掘、借用或者重新得以演绎。而小青与白蛇之间的关系性质，也会从主仆被改编成为道友或同志/同伴乃至战友。这些称谓或关系属性，自然会让人联想到现代革命语境中那些人们耳熟能详的汉语词汇，而一部流传千年的民间传说，也就因此而不断获得与当下社会重新对话/对接的现实可能与激发，而"白蛇传说"中那些原本还保持着与其他力量存在的某种平衡的权力结构，亦随之可能被打破、解构或被重新建构——革命的因子被放大甚至被置于一个全新的现代二元对立的叙事模式中而得以强化。

田汉《白蛇传》中白素贞的形象与以往相比，最大的不同就是其行为的抗争性的加强。以往的版本中，白娘子是由抗争到妥协。而田汉的《白蛇传》中，白素贞自始至终都没有向威权势力妥协。这主要表现在第十一场《索夫》、第十二场《水斗》和第十五场《合钵》中。《索夫》中，尽管白素贞百般哀求，好话说尽，法海仍拒不交出许仙，并唱道："岂不知老僧有青龙禅杖，怎能让妖魔们妄逞刁狂？"，斥责白素贞为妖魔，表示决不允许她同许仙自由结合；而白素贞亦针锋相对，唱道："老禅师纵有那青龙禅杖，敌不过宇宙间情理昭彰！"她指出二人自由婚姻的合理性，谴责法海企图扼杀正常爱情的卫道者行为。《水斗》中，白素贞明知自己身怀有孕不敌法海，仍然敢于"水漫金山"。《合钵》中，许仙为了救白素贞，准备向法海下跪求情，白素贞立即拦住许仙，唱道："对屠夫讲什么恩和爱？"表达了她宁折不弯的战士性格。法海用金钵收了白素贞，得意之极，白素贞连说带唱，怒斥法海，"法海，贼啊！你不要发笑，我夫妻恩爱岂是你这钵儿压得住的么！"（白）"秃驴不必笑呵呵，你带着屠刀念弥陀。任你罩下黄金钵，人间的情爱永不磨！"（唱）这又说又唱的一段，既揭露了法海作为威权代表、卫道士、镇压者的残暴本性，又将白素贞的抗争行为推向高潮。

儒道释博弈与和解主题

有意思的是，上述三种搭救被镇压在雷峰塔下的白素贞的方式——即作为丈夫的许仙搭救、作为儿子的许仕林搭救，以及作为仆从或同志的小青搭救——迄今在"白蛇传说"的不同演绎文本中依然都存在着。

相比之下，小青在金山寺水斗落败之后逃进深山老林里继续修炼并最终练成若干绝世功夫，再重返西子湖畔搭救白素贞的叙事，最符合民间的"复仇"情结——"复仇"与"报恩"话语，不仅在中国民间文化中源远流长，而且迄今依然具有一定的民间影响力，究其原因，恐怕与法治社会尚未真正建构起来，公共福利保障体系亦尚不健全的现实不无关系。除此之外，在这种小青搭救白素贞的叙事文本或叙事方式中，亦最有可能演绎出舞台上热闹且观众喜爱的打斗戏。不过，这种搭救方式相比于夫救妻以及子救母，其情感的感染力以及可信度似乎要稍微弱一些，但这种叙事方式中小青与白素贞之间的关系形式，亦有越出同修的道友、情同手足的姐妹，而发展成为革命话语体系中的"战友"、"阶级姐妹"，以及女权主义者甚至同性恋者话语体系中的另外一种暧昧关系的探索尝试。总之，小青与白素贞之间的关系，亦具有阐释甚至再阐释的空间，足以与之后时代的流行政治文化对接，衍生出一种或多种新的流行版本，无可否认的是，在这样的流行衍生文本背后，都不同程度地附着着一个特定时代的政治文化或文化政治的隐喻。

那么，解救白蛇出塔的动因又是因何而生、何时出现的呢？

一般理解是，解救白蛇出塔首先来自于佛教自身的需要，而不是直接来自于白蛇传说的故事本体。赎罪与超度，是佛教教义中对于犯罪之人或有罪之身的惩罚与解除惩罚的常见方式。既然白蛇被法海钵收并镇压于雷峰塔下，从佛教教义本身来说，就面临一个如何以及何时解除镇压惩罚的命题——孙悟空大闹天宫之后被镇压于五指山下，也还有被西去取经的唐三藏搭救的"因缘幸运"，"白蛇"的孽缘与孽债，似乎也应该有个了结之日，而不应该是暗无天日、永无止境的幽禁镇压。也就是说，从佛教教义本身的逻辑及现实需要出发，被镇压于雷峰塔下的白蛇，也有被解救出来的需要甚至必要，某种意义上，这也是一种现实政治。

正是与上述宗教政治——民间宗教信仰及集体心理意识——相呼应，明末冯梦龙的《白娘子永镇雷峰塔》中，出现了许仙的离家苦修与修成飞升，以及白娘子的被超度这样的结局。这种将佛道有关个人修炼的学说结合或混合用之的传说实践，恰恰反映出民间信仰多元混合、混而用之的一般话语特点。

有意思的是，在突出地强调反专制、反威权及反压迫的田汉的《白蛇传》结尾部分，就借用并发展了民间一直流传着的小青修炼功夫成功，最终搭救白娘子出雷峰塔的传说——无论是许仙、小青抑或许仕林，他们搭救白娘子都是靠的"功夫"，但上述功夫的信仰及文化属性不同，有佛家道家的功夫，功夫家的功夫，也有儒家的功夫。

在不少观众或读者心目中，对于白蛇的认知或态度，一直潜隐着一些矛盾或纠结，其中所面临的最大挑战，归根结底还是白蛇的身份，也就是其"原罪"。京剧《金山寺·断桥·雷峰塔》中，许仕林、白素贞母子在雷峰塔前相见，白素贞痛说"家史"的大段唱词"忆往事恰似那江水东流"（京剧《金山寺·断桥·雷峰塔》，赵秀君饰演白素贞，天津青年京剧团演出。）中，将自己的"出身"说成是"蛇仙"，这样的说法，大概也只有白素贞、许仕林母子二人相信。不过，从"蛇妖""蛇怪"到"蛇精"，再到"蛇仙"，这其中步步升级的对于白素贞"原罪"的洗刷开脱，并不是以其变身之后来到人世间的种种善行美德为依据基础，而是直接将其身份进行"漂白"或"除罪化"处理，且是通过极为简单直接的"口头"方式，这就是试图从根源上解构"精变""色诱"的"性政治"主题，从而也就解构了该传说中的道士或高僧降妖除魔的"合理性"与"合法性"。

尽管各种不同版本的"白蛇"传说中，试图将白蛇来到人世间的"因缘"，与中国民间具有道德说服力和感染力的"报恩"主题关联起来，甚至在流传过程中，不断弱化白蛇的"蛇性"而增加其"贤妻良母"的德性或人性，（这一点在清方成培的《雷峰塔传奇》中比较明显。在该剧中，白蛇的形象更加完美，而法海则被逐渐塑造成为一个破坏他人幸福、执著于干涉主义的"恶势力"的代表。)但这些努力似乎依然不能够彻底抹去其出身的"原罪"。"水漫金山"一节,在今天可考的白蛇传说书面文本中出现较晚。(明末冯梦龙《白娘子永镇雷峰塔》中尽管出现了金山寺以及许仙被困金山寺是的情节,甚至白素贞、小青二人搭船过江试图去解救许仙的情节亦有,但终未见"水漫金山"一节。"水斗"一节,在清初方成培的《雷峰塔传奇》中有了完整形态。)该情节在表现出白蛇的"救夫心切"与"反抗威权干涉"的同时,也暴露出其执念深重、为一己之私而不计后果、殃及众生的"杀生"本性,而这似乎也成了法海收服白素贞并将其镇压在雷峰塔下最有说服力的理由。也因此,当白蛇传说中出现"合钵"及"永镇雷峰塔"这样的结局时,观众与读者一方面为白素贞的命运感伤,甚至亦有为其愤愤不平者,但似乎并没有出现民情激愤、几不可遏的沸腾局面。这种现象,或许与民众对于白蛇无法根除的"原罪"的畏惧或不适不无关系。而这大概也是此传说中"降妖除魔"这一主题得以存在延续的来自于读者/观众方面的心理基础吧。

贰 孟姜女传说

孟姜女的传说流播久远，且层累而成，是中国古代民间传说生成、发展并定型的一部典范。

明代冯梦龙《情史类略》卷八"情感类"中，辑录有《杞梁妻》《孟姜》二条，且两条相邻，可见至晚在明末，有关"杞梁妻"的传说与"孟姜女"的传说一方面均已出现，同时这两个传说又似乎仍在各自流播发展，尚未合并一处，甚至也可以说，二者是两个完全独立的传说。当然亦有学者持不同看法。

传说

"杞梁妻"的传说

《情史类略》卷八《杞梁妻》一条,摘录如下:

> 齐庄公袭莒,莒将杞殖战死。其妻叹曰:"上则无父,中则无夫,下则无子。生人之难至矣。"乃抗声号哭七日。杞都城感之而倾,遂投水而死。其妹悲其姊之贞操,乃为作歌名曰"杞梁妻"焉。梁,稚字也。歌曰:"乐莫乐兮新相知,悲莫悲兮生

别离。"

上条文献中至少有如下几点,与后来所流传之孟姜女传说有所渊源或交织:

其一,夫亡而妻悲恸,连日号哭;

其二,号哭七日,都城城墙为之倾倒;

其三,杞梁妻亦随之投水而死;

其四,这一传说的主题是夫妻恩爱,夫亡妻守节,故有"乐莫乐兮新相知,悲莫悲兮生别离"之乐歌;

其五,这一传说描写了先秦时期诸侯国之间战争的残酷,以及给人民生活所造成的巨大深刻痛苦。

"孟姜女"的传说

《情史类略》卷八《孟姜女》一条,摘录如下:

> 秦孟姜,富人女也,赘范杞良。三日,夫赴长

城之役，久而不归，为制寒衣送之。至长城，闻知夫已故，乃号天顿足，哭声震地。城崩，寻夫骸骨，多难认。啮指血滴之，入骨不可拭者，知其为夫骨。负之而归。至潼关，筋骨已竭，知不能还家，乃置骸岩下，坐于旁而死。潼关人重其节义，立像祀之。

上述"孟姜"一条，与后来流传之"孟姜女"传说一致者有如下几点：

其一，孟姜女、范杞良的名字或人物形象，二者皆为秦国人或秦时人，且为夫妻；

其二，新婚三日，夫婿范杞良即被派赴修筑长城；

其三，因为丈夫久而不归，孟姜为夫制作寒衣，并亲送至长城；

其四，至长城，孟姜获悉夫婿已亡，乃顿足而号哭，"哭声震天"，以致震塌业已修建完毕的长城；

其五，城墙崩塌，埋葬在其下的劳役者的骸骨显露出来，不过因其太多，一时难以辨认；

其六，孟姜滴血辨认骸骨。

当然，这条"孟姜"传说中，亦有与后来流布的"孟姜女"传说有异或不同者：

其一，该条中孟姜女、范杞良夫妇似为秦人，具体而言就是陕西地区的人，或者推测该传说的起源地，与该地区有关联，当然传说者附会此地亦未可知；

其二，辨识出亡夫骸骨之后，孟姜女捡拾之后，背负返乡。途经潼关之时，因"筋骨已竭"，知不能至家，于是将亡夫骸骨安置于路边岩下，自己坐在旁边气绝而亡；

其三，在这个传说中，被肯定褒扬的是孟姜的"节义"，而未明言其爱情。当然在儒家话语体系之中，夫妻之间的节义，一定程度上亦饱含有彼此之间的"情爱"，所不同者是两者之间的语境或话语体系有所不同。在冯梦龙的《情史类略》或"情教"中出现该传说，显然不是肯定孟姜的"节义"，而是歌颂赞美她撼天动地的爱情。

二 孟姜女传说

在今天广为人知的孟姜女传说中，最关键的故事情节或细节有三点：首先是夫婿被抓到长城服役；其次是孟姜女千里送寒衣；再次是夫婿已亡，孟姜女哭倒长城。至于后面的故事情节，不同地区的传说则各有所不同。

播衍

像孟姜女这样一个具有一定历史感和现实感的民间传说，其人物来源、相关历史语境甚至人物的情感行为方式等，一方面属于想象和虚构；另一方面，又与历史与生活距离保持着较近的距离。也因此，孟姜女的传说在中国不少地区都存在，而且也有不少"真实"的历史遗迹。

大体上，孟姜女传说也可以初略地划分为北方播衍区和南方播衍区。就北方播衍区而言，在陕西、山西、河北、山东等地区，都有与孟姜女传说相关的一些历史存留，其中有书面文献、风俗习惯、历史文化遗迹以及地方曲艺形式等；而在南方地区，孟姜女传说在江浙沪一带亦有相当普遍的传播，而且将孟姜女、范杞良（亦说"范喜良"）"锁定"在了江苏。

对于中国古代不少民间传说来说，清代都是一个推陈出新甚至集大成的时代——"白蛇传说"如此，"孟姜女传说"亦如此。

章回体小说《孟姜女万里寻夫全传》和《万里寻夫贞节传》，是清代书面文本中有关孟姜女传说较具有代表性者。在这些文本中，对于孟姜女、范喜良的"籍贯"说得甚为具体：他们是江苏松江人。可见历史上的孟姜女传说，在不同的朝代或时期，该传说播衍流传的地域性会有一些移动或变更。而这种移动和变更的发生，与当时的流行文化或民间大众文化的活跃状况有关。可以肯定的是，明清两朝，江南地区的民间文化或大众流行文化较为发达，一些地方曲艺形式成为传播这些民间传说极为常见且重要的载体。而在民间传说以各自嗓门大来争所有权的竞争中，把孟姜女、范喜良说成是上海人也就不足为奇了——一直到清末，上海的行政区划还都是江苏省松江府上海县。

不过，如果单就通俗文学的创作流行而言，或许明清两朝蔚为大观。不过，单就孟姜女传说来说，唐代不少诗人书写过这一题材，或者借用过这一民间典故。唐诗人周朴有《塞上行》一首，诗云：长城哭崩后，寂绝至如今。唐诗人贯休亦有一诗，与孟姜女传说有关："秦之无道兮四海枯，筑长城兮遮北胡。筑人筑土一万里，杞梁贞妇啼呜呜……一号城崩塞色苦，再号杞梁骨出土……"

为什么唐代诗人们会如此频繁地使借用孟姜女传说，原因大概不言自明吧。从这里我们也看到了民间文学与高雅文学之间一种真实而活跃的对话交流。而孟姜女传说之所以能够生发出感动人心的力量，很大程度上就是跟它的历史的现实感与生活及人性的真实感有关。

内蕴

孟姜女传说中的中心人物孟姜女，颇为符合中国古代文化中对于女子节义一面的看重和肯定，而且在早期孟姜女传说中，也基本上把该形象循此塑造而成。

夫妻情义

在"白蛇传说""孟姜女传说""牛郎织女传说"，以及"梁山伯祝英台传说"中，"孟姜女传说"是最为集中叙述夫妻情义而且把这一主题通过日常生活化的细节塑造得最为感人的一个,其中所描述的一些具有传奇色彩的行为和事情——包括千里送寒衣、滴血辨骸骨、哭倒长城等——甚至成为中国传统女性美德的具体体现。其中所描写并赞扬的女性性格中的坚韧忠贞、奉献牺牲等,成为维系支撑传统社会中的女性美德的基础。

其实,孟姜女传说中的有些情节,譬如"千里送寒衣",其实浓缩了古代社会中在家留守的女性们对于在外戍边、服役、征战的亲人们的深情厚义。而在古代社会,男子因为种种原因而离家远行是颇为常见的,换言之,一家人被迫分离的现象也是时常发生的。单说给远在边塞的亲人"送衣",古代诗词作品中就有不少。唐代王建的《送衣曲》中云:"去秋送衣渡黄河,今秋送衣上陇阪;妇人不知道径处,但问新移军近远……"一路上跋山涉水的艰辛凄苦,以及路途不熟、寻亲不遇的失望与沮丧,包括对亲人的惦念担心等,在上述文字中只字未提,只是白描式地叙述了那一幕幕令人铭心刻骨的夫妻情义与人性感动。从这个角度来说,古代民间传说大多具有高度的历史、地域的浓缩型与层累性的特点,显然是有依据的。

大概唐代也是一个对外战争较为频繁的朝代。社会生活的现实，激发了诗人们的创作。李白的《子夜吴歌》，可能不是李白的作品中最为流行的，却是唐代社会都市普通家庭日常生活的一种真实写照："长安一片月，万户捣衣声。秋风吹不尽，总是玉关情。何日平胡虏，良人罢远征。"

为什么"长安一片月"下会有"万户捣衣声"呢？因为正好借着月光来为远征在外的家人捣衣制衣呀！而什么样的家庭才会这样做呢？言者无声，读者自知。历史的沉重，普通劳动者的生活的艰辛，在这种看似波澜不兴的描写中悄然叙述完成。而渗透在其中的，也正是古代社会中的夫妻情义。

也正是这些文学作品，为孟姜女传说中的"千里送寒衣"这一情节作出了注脚。或者说，"千里送寒衣"这一情节本身，就是直接来源于古代千千万万劳动妇女们的真实生活。而孟姜女传说的现实性与批判性，亦由此得以表现落实。

如果说上面这些诗歌作品还是古代高雅文学对于平民生活的一种同情与文学表现的话，民间语境中对于孟姜女或者孟姜女们"千里送寒衣"的一路艰辛有着更为直白的表达：

> 正月里来是新春，家家户户挂红灯。
> 老爷高堂饮美酒，孟姜女堂前放悲声。
> 二月里来暖洋洋，双双燕子绕画樑。
> 燕子飞来又飞去，孟姜女过关泪汪汪。
> 三月里来是清明，桃红柳绿处处春。
> 家家坟头飘白纸，处处埋的筑城人。
> ……
> 十一月里大雪飞，我郎一去未回归。
> 万里寻夫把寒衣送，不见范郎誓不回。
> 十二月里雪茫茫，孟姜女城下哭断肠。
> 望求老爷抬贵手，放我过关见范郎。

"十二月调"中的孟姜女为过关卡的哀求哭诉，从另一个角度反映出来"千里送寒衣"的古代妇女们的卑微与伟大，反映出夫妻之间对于"义不容辞"的那种责任感的决绝态度与践诺坚持。这些民间文学中所承载的历史之真、生活之真、人性之真，恰恰是孟姜女这一传说迄今仍能焕发出感人力量的关键所在。

性别身份的觉醒抑或超越？

明末"孟姜女"传说中有两点颇为引人注目，其一是她千里送寒衣；其二是她滴血辨识出亡夫骸骨之后，捡拾背负一路回返，最后力竭而亡。这样一个"女汉子"形象，不同于或超越了将"孟姜女"传说习惯性地视之为一个夫妻之间情爱传说的一般认知。孟姜女的这样一个形象，是基于历史上曾经的现实生活的一种想象与虚构，其中对孟姜女这一形象中所赋予的那些不同于对于一般女性性别特征的想象与描述，尽管有男性化的痕迹，或者说以男性为样板及中心的嫌疑，但它也确实肯定并赞扬了一种坚韧与勇敢的超性别品性，一种忠贞与吃苦耐劳的人生信念和现实坚持。从这里，我们找到了一条进入到历史的深处，触摸历史中的中国人——无论男女——的一个值得尝试的入口。

在这种孟姜女传说中，或者说这种类型的孟姜女形象中，女性不是男性的依附和从属，无论是在生活上、情感上，还是思想上。传说中并没有说孟姜女离开了新婚的丈夫范杞良就无法生活的描写。事实上，孟姜女不远千里甚至万里去给丈夫送寒衣，而且最终也抵达了长城，这一"事实"本身，就说明了孟姜女作为一个女性在情感上、思想上，以及生活上的独立与坚强。而无论是在现实生活中抑或是文学作品中，这种类型的女性形象，在劳动阶级或知识阶级中都存在——古代才子佳人小说中，也有不少敢于而且能够独立生活的女性，她们不仅依靠勇敢、坚强，还依靠自己的生活知识、专业技能以及人生智慧。这些文本中女性形象的"超越性"，基本上都可以视为对于现实生活处境中性别现实的一种挑战或超越。

而唐代诗人们对于为远在边关的亲人们捣制冬衣并不远千万里去送冬衣的妇人们的描写赞美，其实也从一个角度昭示出这一点。

个人或人民的权利意识与反抗意识的表现

孟姜女传说正面触及了中国历史上的宏大叙事——秦长城，它也以一声惊天动地的嚎啕大哭，不仅震塌了已经修葺成的一段长城，还让帝王们视之为自己彪炳千秋的伟业功绩，随之而摇摇欲坠。以一己之力，而动摇了巍巍赫赫的帝王的"丰功伟绩"，孟姜女传说，可谓是对古代劳动人民的力量和意志的一种极富于想象力和艺术性的发现、肯定和赞美。

而更为值得今天的读者去关注的是，孟姜女传说并没有正面地、直接地抨击帝王及其丰功伟绩，只不过是借助于一个孤苦无援的女性的眼泪和哭声，拨开了历史的烟云和现实的沉重，完成了一次民间视角的对于宏大历史的叙事与抒情。而这种惊天动地的力量，竟然是通过一个女子无言的哭声释放出来的。这种想象和叙事，是表现出了古代劳动人民的一种语言和思想智慧。

也就是说，其实在孟姜女传说中，文学式的表现了劳动人民、被压迫阶级对于统治阶级和威权者的不满，表现出了前者压抑的愤怒和反抗，尽管愤怒和反抗并没有直接的、正面的抗争表达、释放出来，但孟姜女的一声哭号，却迸发出来惊天动地、地动山摇的力量。这来自于底层的力量，默然不言，却直达天庭，以致感天动地。

在清代的章回体小说中，有直接在孟姜女传说中增加孟姜女与秦始皇有关的情节。这些情节表现出这一传说在表现个人或人民的权利意识以及反抗意识方面更为大胆的尝试。

叁 牛郎织女传说

中国古代有关天庭的想象，民间话语和精英话语之间既有交集，亦有差别。在前者语境当中，有关天庭的想象与叙述，民间传说中尤为丰富，其中"牛郎织女"的传说就颇为引人瞩目，而且播衍流传久远广泛。而该传说，也是中国古代有关天上神仙与地上凡人之间"人神恋"的经典之一。

　　至少在明末，民间传说中有关"牛郎织女"的传说已经很多，而且流布亦甚为广泛。冯梦龙《情史类略》卷十八"情疑类"中，辑录有《织女婺女须女星》《织女》二条，皆言天庭星辰诸仙事，虽为直接关涉"牛郎织女传说",其中所提到的织女以及牵牛织女二星事,却又与广泛传播的"牛郎织女传说"并非全无关涉。尤其是这两条传说记载中,故事情节上也都涉及到天仙与人间凡夫俗子之间的"姻缘",故应当视为"牛郎织女传说"累积而成的文献依据。

不仅如此。明代人陈耀文所编纂《天中记》中,辑录焦林《大斗记》《荆楚岁时记》,另有"小说"及《古诗十九首》等文献中有关"牛郎织女"传说者,可见在明代之前,该传说见诸文献史料者并不少。

焦林《大斗记》云:"天河之西,有星煌煌,与参俱出,谓之牵牛。天河之东,有星微微;在氐之下,谓之织女。"

《荆楚岁时记》云:"尝见道书云牵牛娶织女,取天帝二万钱备礼,久不还,被驱在营室。"《荆楚岁时记》另载:

> 七月七日,为牵牛织女聚会之夜。按:戴德《夏小正》云,是月织女东向,盖言星也。《春秋运斗

枢》云："牵牛，神名略。"石氏《星经》："牵牛，名天关。"《佐助期》云："织女，神名收阴。"《史记·天官书》云，是天帝外孙。傅玄《拟天问》云："七月七日牵牛织女会天河。"此则其事也。河鼓、黄姑，牵牛也，皆语之转。

"小说"云："天河之东有织女，天帝之子也。年年机杼劳役，织成云锦天衣，容貌不暇整理。天帝怜其独处，许嫁河西牵牛郎。嫁后遂废织纴。天帝怒焉，责令归河东。但使其一年一度相访。"

上述文献，大体上叙述的是一个尚在天庭之中的"牛郎织女"传说，基本上还没有将这个天庭里的神仙之间的"故事"，与人世间的凡夫俗子关联在一起。而将天庭里的神仙与人世间的凡夫俗子关联在一起，才生成了"牛郎织女""神、人恋"传说的基本架构。

传说

《诗经》《大戴礼记》《史记》中的牛郎织女

"牛郎织女传说",大体上经历了从天庭到人间或天上人间这样一个衍变过程。最初,牛郎(牵牛)、织女皆为天上星辰,而牛郎织女的传说,亦不过是用来附会天上星辰的一种文学想象,并不带有人间性或神人之恋的色彩与主题。

《诗经·小雅·大东》中有如下诗句:

> 维天有汉，监亦有光。跂彼织女，终日七襄，虽则七襄，不成报章。睆彼牵牛，不以服箱。

上述诗句中提到的织女、牵牛，皆为线上星辰之名。不过上古传说中对于天上星辰的认知，是与天神混为一体或合为一体的，即牵牛、织女既为星辰之名，亦为主导此星辰之天神名。也因此，会有织女的终日纺织劳作。

而在《诗经》中未曾得以明晰的织女、牵牛之间的关系，在《古诗十九首·迢迢牵牛星》中得以明了，而且诗中还首次将二者之间的关系，用一种颇为浪漫抒情的语言加以描述：

> 迢迢牵牛星，皎皎河汉女；
> 纤纤擢素手，札札弄机杼。
> 终日不成章，泣涕零如雨；
> 河汉清且浅，相去复几许？
> 盈盈一水间，脉脉不得语。

由《迢迢牵牛星》一诗所开启的有关织女、牵牛二星或二天神之间的情爱传说,在后来的文人诗词中得到了沿袭并成为一个源远流长的题材及主题。

曹丕《燕歌行》中云:

> 明月皎皎照我床,星汉西流夜未央。
> 牵牛织女遥相望,而独何事限河梁?

可见当时诗人们,已经在使用与织女、牵牛二星相关的民间想象与传说来作为他们诗词抒情叙事的引发或素材,甚至亦借此来抒发自己的情感。

另,秦观的《鹊桥仙》一首,更是将织女、牛郎之间的爱情传说书写得超凡脱俗、浪漫无比,同时亦赋予这一传说的内涵新的阐释:

> 纤云弄巧,飞星传恨,银汉迢迢暗度。
> 金风玉露一相逢,便胜却人间无数。
> 柔情似水,佳期如梦,忍顾鹊桥归路。

两情若是久长时，又岂在朝朝暮暮。

如果说上述古代诗词中的"牛郎织女传说"，为可稽文献中的一种文学性或文学化的叙事与抒情的话，古代历史文献中，亦有不少关涉该传说，尤其是牵牛、织女二星者。

《大戴礼记·夏小正》中云："织女，星名也"；又云："七月，初昏，织女正东乡。"这里所谓织女，以及与织女有关的记载，皆为天上星辰及其方位，并非是后来传说中的那个人格化、形象化的天仙。

《史记·天官书》中，则不仅有对天庭星辰人格化、形象化的叙述，而且还借此将天上人间关联起来，似乎为民间有关天上星辰及天神天仙下凡人间、生发故事提供了某种正史依据：

> 天文有五官。官者，星官也。星座有尊卑，若人之官曹列位，故曰天官……觽星列布，体生于地，精成于天，列居错峙，各有所属，在野象物，在朝

象官，在人象事。

南斗为庙，其北建星。建星者，旗也。牵牛为牺牲。其北河鼓。河鼓大星，上将；左右，左右将。婺女，其北织女。织女，天女孙也。

上述两段文字，不仅将天上星辰与人间世界牵上了关关系，而且还人间化地将织女星称为"天女孙也"。尽管尚不清楚在《史记》时代是否已经有关于织女的民间传说，但有一点可以肯定，那就是在后来的有关"牛郎织女"的传说中，早期历史文献中对于织女的身份、地位等的记载说明，要么直接地参与到了相关民间传说的建构之中，要么影响到民间传说中对于织女身份的想象塑造。而这里所谓织女的身份，至少包括双重内容：一是她为天帝之女孙，二是她善于纺织。

至于有关天庭的这些想象，究竟从何时开始进入到了人间凡尘，并进入到"神人恋"这样一个民间传说的传统模式之中，依然是众说纷纭。而且，"神人恋"的传说模式亦不仅限于汉语中文世界或儒家文化圈，在世界范围内，这种民间传说均有存在。

《毛衣女》

干宝《搜神记》中，还有一则记载，在人物及情节上，与"牛郎织女"传说亦有所交集，兹摘录如下：

> 豫章新喻县男子，见田中有六七女，皆衣毛衣，不知是鸟。匍匐往得其一女所解毛衣，取藏之，即往就诸鸟。诸鸟各飞去，一鸟独不得去。男子取以为妇。生三女。其母后使女问父，知衣在积稻下，得之，衣而飞去，后复以迎三女，女亦得飞去。

这则记载中与"牛郎织女"传说相关的情节或细节有如下几点：其一，羽衣仙女；其二，六七位一同下到人间；其三，男子取藏羽衣而仙女不得飞返，乃与该男子结为夫妇；其四，二人婚后有子嗣；其五，后仙女为其母带飞天庭，其三个后人后亦被带走。

干宝《搜神记》中这则记载，并没有明确羽衣仙女的身份，譬如是否即为传说中的"织女"或帝孙；另外，文中也没有提及"牛郎织女"传说中颇为重要的几个情节，包括一年一度的七夕相会。可见将《毛衣女》传说完全与"牛郎织女"传说视为一体，恐亦不妥。但该文献中所提及的羽衣仙女以及仙女是着羽衣往来于天庭人间，这为"牛郎织女传说"贡献了一个颇为关键的想象。

《织女》及其他

《情史类略》之《织女》一条记载：

> 牵牛织女二星，隔河相望。至七夕，河影没，常数日复见。相传织女者，上帝之孙，勤织日夜不息。天帝哀之，使嫁牛郎。女乐之，遂罢织。帝怒，乃

隔绝之：一居河东，一居河西。每年七月七夕，方许一会。回则乌鹊填桥而渡，故鹊毛至七夕尽脱，为成桥也。

上述记载中，除了牛郎的世间凡尘身份未能与后来之传说相符外，其他主要情节基本一致。可见在明末时候，"牛郎织女传说"基本上已经形成。另《织女》一条中又叙太原郭翰与下凡天女之情事，虽非明言牛郎、织女，亦涉及天上、人间的情感传说，冯梦龙将其编纂一处，无疑亦是将其作为同一传说的不同版本而视之的。

又，在《织女》一条后之附录中，又记载了"董永"一条传说：

董永少失母，独养父，家贫佣力。父死无以葬，乃就主人，贷钱一万，曰："后若无钱还君，当以身作奴。"乃葬父毕，还于路，忽遇一妇人，求为永妻。永与俱至主家，主人令永妻织绢二百匹，始放归。乃织一月而完。主惊，遂放夫妇还。行至旧逢处，妇辞永曰："我天之织女，缘君之孝，上帝令助偿债。今期满，欲返。"遂辞去。然则天上织女非一，不尽皆天孙矣。

这则记载，大体上与后来的董永、七仙女"天仙配"的传说相符。而之所以列之于《织女》一条之附录，大概在编纂者看来，此亦与"牛郎织女传说"有所交际关涉。而从这两条记载来看，当时牵牛、织女的传说，与董永、七仙女的传说应该是既有所交集，又各自独立播衍。

其实，古代文献中有关董永传说的记载出现相当早。东晋干宝《搜神记》中，即有"董永"一条，而冯梦龙上述所在，与之几乎完全一致：

汉董永，千乘人。少偏孤，与父居。肆力田亩，鹿车载自随。父亡，无以葬，乃自卖为奴，以供丧事。主人知其贤，与钱一万，遣之。永行三年丧毕，欲还主人，供其奴职。道逢一妇人曰："愿为子妻。"

遂与之俱。主人谓永曰："以钱与君矣。"永曰："蒙君之惠，父丧收藏。永虽小人，必欲服勤致力，以报厚德。"主曰："妇人何能？"永曰："能织。"主曰："必尔者，但令君妇为我织缣百匹。"于是永妻为主人家织，十日而毕。女出门，谓永曰："我，天之织女也。缘君至孝，天帝令我助君偿债耳。"语毕，凌空而去，不知所在。

《搜神记》中这则有关董永的记载，与千余年之后《情史类略》中"董永"一条的记载最大的不同，就在于文中对于"主人"形象的塑造。在《搜神记》的"董永"中，主人是一位乐善好施之人，而在《情史类略》的"董永"一条中，主人则变成了一个冷血贪婪之人。这或许反映出两个不同时代贫富之间关系的某种现实，又或者与叙事者或辑录者对于富人的某种立场态度有关亦未可知。

播衍

从前面有关"牛郎织女传说"的"本事"当中,已经可以发现该传说形成、演化、播衍的一些特点。譬如说,这一传说最初是与天庭有关的,所以传说者多少也就需要一些关于天庭星辰的知识。这些知识的来历,可以是古代社会的生活与生产经验,当然也可以是有关天上星辰的天文或天象方面的知识。这些知识与经验,对于主要关涉天庭星辰与神仙们的那个牛郎织女传说无疑是必要的。

但进入到近现代且更广为人知的那个"牛郎织女传说",已经不限于天庭,也不是仅仅关涉两位星辰神仙,而是有关天上仙女与地上农夫之间的"神、人之恋"。这样一种模式的"牛郎织女传说",在播衍的过程中,似乎要比那个仅限于天庭里的神仙的"牛郎织女传说"更受欢迎,因此也传播流布得更为广泛。

在中国古代传说中,有关天上仙人的传说、天仙下凡的传说以及天上人间神、人之恋的传说都很多,亦有各自不同、独立的言说系统,当然,在近现代以来的"牛郎织女传说"中,上述几大传说系统屡屡发生交集,或者相互借鉴对方系统中的关键情节或故事要素,来丰富补充各自的故事传说。迄今基本上已经定型而且妇孺皆知的"牛郎织女传说",就是上面几个传说系统之间交集借鉴而成的。

内蕴

赞美劳动及犒赏主题

"牛郎织女传说"中有一个相对独立的"故事",那就是地上牛郎的故事。原本这个故事就是关于人世间一个父母不在世、兄弟因为嫂嫂而分家、弟弟依靠自己的勤劳而逐渐重建生活的故事。在这个故事中,它所突出并强调的主题,就是一个青年农民如何才能成家立业或者说如何才能过上属于自己的独立的生活的。牛郎的故事,其实是为人世间的兄弟分家之后如何独自创业这样一个极为普遍的社会问题，提供了一个民间文学意义上的想象与设计。

但在这个仅限于人间世的牛郎故事中，有一个心理上的缺陷或不满足。对于听众或读者们来说，牛郎是一个勤劳的人，善良的人，有孝行的人，而且勤俭持家、创业有成，对于这样一个榜样，在牛郎故事中却没有得到任何"犒赏"或"奖励"，这与人们普遍接受的因果报应说似乎有些悖离。也就是说，一个有善心、爱心和孝心的人，一个勤劳、勇敢、坚强且吃苦耐劳的人，理应得到某种形式的补偿或奖励。或许正是为了迎合听众和读者们的上述心理需要，原本只是局限于人间世的牛郎故事，开始与天上的神仙发生关系。而要让两者有关联，依靠牛郎上天是不大行的，那就得借鉴天仙下凡的传说来"牵线搭桥"了。

牛郎的传说与天上仙女的传说关联起来，当然跟地上的牵牛与天庭里的牵牛之间的附会有关。当这两者之间的关系解决了之后，牛郎的传说与仙女的传说结合在一起，似乎也就顺理成章了。

于是,牛郎的言行上达了天庭,首先感动了心地善良的织女,并让织女在下凡人间的时候,与牛郎结成姻缘,并由此完成了中国古代类似传说故事中对于好人、勤快人的家庭发达美满的想象叙事。

夫妻情义与人间幸福主题

黄梅戏《牛郎织女》中,有一段颇为优美轻快的唱词,该唱词是织女在与牛郎成家立业、儿女也乖巧聪慧之后所唱,表达的是织女对于家庭美满、生活幸福、人间欢乐的满足和赞美:

架上累累悬瓜果

风吹稻海荡金波

夜静犹闻人笑语

到底人间欢乐多

我问天上弯弯月

谁能好过我牛郎哥

我问篱边老枫树

几曾见似我娇儿花两朵

再问欢唱清溪水

谁能和我赛喜歌

闻一闻瓜香心也醉

尝一尝新果甜透心窝

听一听乡邻们

问寒问暖知心语

看一看画中人影舞婆娑

休要愁眉长锁

莫把时光错过

到人间巧手同绣好山河

这段唱词，把农耕文明时代普通农民家庭对于幸福生活的想象和理想比较充分完美地揭示了出来，其中也渗透着对于夫妻情爱以及邻里和谐的满足感，以及劳动收获的成就感。同时也将这种人间欢乐，与天庭世界里的种种形成了反差对比,从而进一步肯定并歌颂了这种人间美满与幸福。这种带有乌托邦色彩的理想,以幸福在人间的方式,完成了对于"天上"的反讽与批判。这种反讽与批判,很大程度上是将人世间的不平或种种矛盾冲突,转移到了"天庭"之上,借此完成了对于一个桃花源式的和平、美好的乡村世界和乡土生活的浪漫想象。

家庭想象与赞美主题

在"白蛇传说""孟姜女传说""梁祝传说",以及"牛郎织女传说"中,"牛郎织女传说"是从一开始就以家庭为中心、以夫妻和谐、儿女乖巧、劳动收获、幸福美满为叙事线索的一个民间传说,它渗透着传说者对于上述类型的家庭及家庭生活的向往追求,并将这种向往追求推演到极致,从而让观众或读者在牛郎织女的家庭被天神们无理无情地拆散之后的不满与反对情绪也达到了极致。

其实,在早期的"毛衣女"一类的传说故事中,多少还带有一些"野合"故事的痕迹。但当牛郎有了一个完成的形象之后,特别是当牛郎的形象中渗透了农耕文明的人文与道德理想之后,这个或许与早期的"野合"故事多少有些纠缠的民间传说,就彻底摆脱了那种野合故事中的粗鄙、低俗和荒诞不经的趣味与格调,并与儒家主流价值观念尤其是有关家庭的伦理思想融汇贯通,形成了一个有关家庭想象和赞美的主题。这一主题一直到今天,依然具有一定的感人力量和思想价值。

肆 梁山伯与祝英台传说

传说

至迟在明代末期,已经出现了较为完整且与今天所流行的甚为接近的"梁祝传说",这就是冯梦龙从历代笔记小说以及其他著作中的男女情爱故事辑录而成的《情史类略》中的《祝英台》这一故事。该故事收录于该书第十卷"情灵类"中。整部《情史类略》凡二十二卷,分情贞、情缘、情私、情侠、情豪、情爱、情痴、情感、情幻、情灵、情化、情媒、情憾、情仇、情芽、情报、情累、情疑、情鬼、情妖情通类、情迹二十二类。

《情史类略》中的《祝英台》一条颇为简略,兹摘录如下:

梁山伯、祝英台，皆东晋人。梁家会稽，祝家上虞，尝同学。祝先归，梁后过上虞寻访之，始知为女。归乃告父母，欲娶之，而祝已许马氏子矣。梁怅然若有所失。后三年，梁为鄞令，病且死，遗言葬清道山下。又明年，祝适马氏，过其处，风涛大作，舟不能进。祝乃造梁冢，失声哀恸。忽地裂，祝投而死。马氏闻其事于朝，丞相谢安请封为义妇。和帝时，梁复显灵异效劳，封为义忠。有事立庙于鄞云。见《宁波志》。

吴中有花蝴蝶，橘蠹所化。妇孺呼黄色者为梁山伯，黑色者为祝英台。俗传祝死后，其家就梁冢焚衣，衣于火中化成二蝶。盖好事者为之也。

上述《祝英台》一条，实际上涉及两个有所不同的与梁山伯、祝英台相关的传说，一流传于宁波一带，一流传于吴中地区。而且这两个版本的传说中最大的不同，大概就是有关这一传说的结局。与流传于宁波地区的梁祝传说有所不同的是，吴中地区的梁祝传说有一个更富于浪漫性和想象力的结尾，那就是梁祝死后，二人的精魂幻化成为一对双飞的彩蝶，只不过在吴中地区的传说中，幻化成为彩蝶的，不是二人的精魂，而是焚烧的二人的衣服。

另外，《情史类略》中《祝英台》一条，是冯梦龙或者之前作者辑录的一条民间传说故事，而这个故事的叙事语言、形式等，已经被转换成为文人笔记。这种简练的语言和高度浓缩的形式，已经将民间传说中极为常见的添枝加叶或添油加醋"过滤"掉了，剩下的就是一个传说的主干。不过在这个主干中，已经包含了后来为人们所耳熟能详的那个梁祝传说的基本要素和故事线索。

第一，在这条笔记中，梁祝传说中的两个人物，其名字及性别，与后来流传最广的那个梁祝传说一致。

第二，在这条笔记中，梁山伯、祝英台二人曾经为同学，而同学期间梁山伯并不知晓祝英台的女性身份。

第三，二人从学堂分别之后，梁山伯曾经到祝英台的家里探望过她，归家之后梁还向自己的父母表达过欲娶祝英台的心愿。

第四，祝英台在梁山伯表明心迹之前，已经由父母做主许配给了马氏，而祝英台无力反抗祝、许两家家长所定夺下来的这桩婚姻。

而《情史类略》中的《祝英台》一条，故事发展至此有了一段"插曲"，或者说出现了一段为后来流传尤广的梁祝传说所忽略掉的情节。那就是梁山伯在获悉祝英台的情况之后，并非是像后来的传说中那样郁郁寡欢，最后抑郁而终，而是有过三年出仕为官的经历。梁的这段经历之所以被后来的传说所"忽略"，很大程度上与后来尤其是近现代以来的演绎者、改写者试图将这样一个民间传说进一步纯情化、浪漫化、理想化的努力密不可分。而在"抹去"了梁山伯一度为官的这段传说之后，《祝英台》中的故事又回到了后来所熟悉的那个传说的"轨道"之上：梁山伯因病去世之后，临终对其归葬之地有特殊交代，而偏偏在其去世一年之后、祝英台出嫁途中，需要经过这一地方。而就在舟行至此时候，偏偏江上又风波突起，舟不能行。后来也就有了祝英台出舟前往梁山伯墓茔凭吊的行为，此时地裂，而祝英台竟投身其中。明代时候江南地区流传的梁祝传说的一个版本，至此基本结束。后面所谓朝廷褒奖旌表一类，不过是好事者粉饰而已。

不过，如果将吴中地区流传的梁祝传说的结尾，添加在宁波地区的梁祝传说之上，再把梁山伯出仕为官的三年抹去，那么，今天所人们所熟悉的那个凄绝哀婉的梁祝传说，就已经呼之欲出了。

有意思的是，在冯梦龙编纂的《喻世明言》第二十八卷《李秀卿义结黄贞女》中，亦辑录了一个与祝英台有关的"传奇故事"。与《情史类略》相近的是，这个传说故事也是以祝英台为中心，并对其行迹予以了肯定褒扬：

又有个女子，叫做祝英台，常州义兴人氏，自小通书好学，闻余杭文风最盛，欲往游学。其哥嫂止之曰："古者男女七岁不同席，不共食，你今一十六岁，却出外游学，男女不分，岂不笑话！"英台道："奴家自有良策。"乃裹巾束带，扮作男子模样，走到哥嫂面前,哥嫂亦不能辨认。英台临行时,正是夏初天气,榴花盛开,乃手摘一枝插于花台之上,对天祷告道:"奴家祝英台出外游学,若完名全节,此枝生根长叶,年年花发;若有不肖之事,玷辱门风,此枝枯萎。"祷毕出门,自称祝九舍人。遇个朋友,是个苏州人氏,叫做梁山伯,与他同馆读书,甚相爱重,结为兄弟。日则同食,夜则同卧,如此三年,英台衣不解带,山伯屡次疑惑盘问,都被英台将言语支吾过了。读了三年书,学问成就,相别回家,约梁山伯二个月内可来见访。英台归时,仍是初夏,那花台上所插榴枝,花叶并茂,哥嫂方信了。同乡三十里外,有个安乐村,那村中有个马氏,大富之家。闻得祝九娘贤慧,寻媒与他哥哥议亲。哥哥一口许下纳彩问名都过了,约定来年二月娶亲。原来英台有心于山伯,要等他来访时露其机括,谁知山伯有事,稽迟在家。英台只恐哥嫂疑心,不敢推阻。山伯直到十月方才动身,过了六个月了。到得祝家庄,问祝九舍人时,庄客说道:"本庄只有祝九娘，并没有祝九舍人。"山伯心疑，传了名刺进去。只见丫鬟出来，请梁兄到中堂相见。山伯走进中堂，那祝英台红妆翠袖，别是一般妆束了。山伯大惊，方知假扮男子，自愧愚鲁不能辨识。寒温已罢，便谈及婚姻之事。英台将哥嫂做主，已许马氏为辞。山伯自恨来迟，懊悔不迭。分别回去，遂成相思之病，奄奄不起，至岁底身亡。嘱付父母，可葬我于安乐村路口。父母依言葬之。明年，英台出嫁马家，行至安乐村路口，忽然狂风四起，天昏地暗，舆人都不能行。英台举眼观看，但见梁山伯飘然而来，说道："吾为思贤妹一病而亡，今葬于此地。贤妹不忘旧谊，可出轿一顾。"英台果然走出轿来，忽然一声响亮，地下裂开丈余，英台从裂中跳下。众人扯其衣服，如蝉脱一般，其衣片片而飞。顷刻天清地明，那地裂处只如一线之细。歇轿处，正是梁山伯坟墓。乃知生为兄弟，死作夫妻。再看那飞的衣服碎片，变成两般花蝴蝶，传说是二人精灵所化，红者为梁山伯，黑者为祝英台。其种到处有之,至今犹呼其名为梁山伯、祝英台也。后人有诗赞云:三载书帏共起眠,活姻缘作死姻缘。

非关山伯无分晓,还是英台志节坚。

与《情史类略》中《祝英台》不同的是,上述传说中的祝英台不是浙江上虞人,而是江苏常州宜兴人。这倒与宜兴善卷洞旁有祝英台读书之处的传说多有吻合。此外,该传说更多生活细节,尤其是有关梁祝二人三载同窗的生活状况,上述传说中即有涉及,"遇个朋友,是个苏州人氏,叫做梁山伯,与他同馆读书,甚相爱重,结为兄弟。日则同食,夜则同卧,如此三年,英台衣不解带,山伯屡次疑惑盘问,都被英台将言语支吾过了。"这段文字不仅对二人之间的同学关系有了明示,而且在言语方式上亦更接近口语传说。而且,该传说最后,对于梁祝二人"合墓化蝶"这一传奇,亦有颇为完整生动之叙述说明。这似乎更进一步揭示出一点,那就是至迟在明末冯梦龙时代,梁祝传说在江浙一带,已经是广为流传了。

而在20世纪比较经典的梁祝传说中所包含的故事情节，譬如"女扮男装或改装游学；草桥结拜；三载同窗；十八相送；楼台相会；合墓化蝶"等，除了"十八相送"这一更多体现在后来戏曲舞台上的情节外，其他情节在明末时候流传的该传说中，已经基本完成了。这亦足见在明末时候，至少在江南地区，梁祝传说不仅在地域方面已经播衍甚广，而且内容上也基本上稳定甚至大体一致了。

在"梁祝传说"中，"化蝶"或者"情化"既是这一传说最为凄美浪漫的一个结尾，为这一对在人世间无法成双成对、结成连理的爱人，在身后设想而成的一个美好团圆，也是中国古代民间传说中极为常见的一种"情化"现象或叙事体现。

在《情史类略》卷十一"情化类"中，辑录的具有类似情节的传说就有《石尤风》《化火》《化铁》《心坚金石》《望夫石》《双雉》《连枝梓双鸳鸯》《双梓双鸿》《双鹤》《连理树》《并蒂莲》十一篇。其实，在古代民间传说中，类似"情化"现象不仅普遍存在，是感天动地情感、事迹的一种夸张及象征,也是对故事中的人物的一种赞美与褒扬,同时也逐渐成为一种叙事与审美的"模式"。

播衍

从冯梦龙的《情史类略》中《祝英台》一条来看，这一传说最初的发生地或起源地，是在浙江的宁波地区，以及在空间距离上并不算太远的江苏吴中地区。

作为该地区曾经播衍的这一传说，《祝英台》一条中对于梁祝二人的籍贯来历，亦有具体明示，即梁山伯是会稽人（今浙江绍兴），而祝英台是上虞人。这两地之间的空间距离，在几十公里之内。从古代出门步行或船行的一般情况来看，似亦未曾超越一般常识。而对于二人同窗共载三年的读书所在，流传于该地区的传说中多说是在杭州。这从地理空间上来看，似乎也不算太离奇。

相对于杭州，吴中地区在空间距离上也还不算太远。是否可以作为该传说发生或播衍的扩展地域，单就空间距离而言，一般也能接受。

事实上在江苏宜兴地区，也有一个梁祝传说的版本。这一版本的核心内容或情节，是有关梁祝二人读书所在的。今宜兴城南二十五公里的地方，有一善卷洞，洞西南，有碧鲜庵，据说为东晋上虞女子祝英台读书处。庵旁有祝英台琴剑之冢，并有英台阁。至于这里是否就是祝英台、梁山伯同学读书之地，文献记载中似未明示。而且，历史上祝英台这样一个青年女子是否能够从家乡上虞一路跋山涉水来到这里求学，实在还有不少值得推敲之处。另外，为什么此处只是强调了祝英台读书处，其中缘由亦有费解之处。

不过，在白蛇传说、梁祝传说传播史上，都存在着一个共同现象，那就是上述两个传说，在中原地区尤其是河南地区曾经存在并较早传播过。这种现象及其原因，是否与北宋政权南渡并将这些民间传说从中原地区一路带到江南地区，学术上似乎还有进一步查考之必要。所以，过于绝对地认为，梁祝传说就是一个江浙一带的民间传说，这种观点不免有些武断。当然，梁祝传说中，这一故事最初发生的时间在东晋，当时也曾经有过北方政权南迁并由此而带来文化上的北南交流这样的历史现象发生。

而有关梁祝传说发生地，除了上述宁波、会稽、上虞、杭州、宜兴等地，亦有河南汝南以及山东济宁等地。其中山东济宁地区有关梁祝传说的生活遗迹、历史遗迹等还相当丰富。至于其作为梁祝传说发源地的说法，当然还有待学界进一步研究，此不赘述。而一个值得关注的问题，就是北方以河南汝南为中心、山东以济宁地区为中心所流传的梁祝传说，在传说的基本内容、情节、人物形象、主题等方面，与江浙一带所流传的梁祝传说有什么异同，由此是否可以可供来反推该传说的起源地、中心传播地域以及辐射扩展地域之间的关系，同时对这一传说的"在地化"方式、路径等，有进一步的认识了解。

说到这里，不妨再提及几种文献，顺带说明一下

"梁祝传说"在北方地区尤其是济宁地区传播的情况。

早在明代，山东济宁地区至少已经出现与"梁祝传说"有关的"文物古迹"。明代散文大家张岱，在其《陶庵梦忆》中，就有这么一段相关文字：己巳至曲阜，谒孔庙……宫墙上有楼耸出，匾曰：梁山伯祝英台读书处。骇异之。

在孔庙如此肃穆庄严的地方，竟然出现了"梁山伯祝英台读书处"一类的题匾，这在完全用不着通过争抢名人来进行旅游开发的古代，究竟为什么会有如此让人匪夷所思的"一幕"，这让博古通今、见多识广的张岱，也都感到"骇异"。

而类似的说法，并非仅此一例。

清弹词《新编东调大双蝴蝶》中，言之凿凿地说梁祝二人是从江南出发，船行旱走，一路艰辛地来到鲁国，指望找到孔子跟着他读书。在这个文本中，梁祝与孔子是同一时代人。梁祝二人为圣人嫡传，所以他们的读书处出现在孔庙里也就顺理成章了。

可以推测，上述传说中与孔子、孔庙有关的叙事，应当与历史上济宁地区所流传的"梁祝传说"有关。至于这里是否即为梁祝传说的发生地或起源地姑且不论，从将"梁祝传说"与孔子、孔庙"扯在一起"来看，这是古代民间传说叙事中颇为常见的手法——如果从民间传说而非历史真实的角度来看，孔庙里出现"梁祝读书处"的题匾，也就不难理解了。

几乎与其他一些主要的古代民间传说一样，梁祝传说也经历了"现代化"的改写演绎，其中最主要之处，并不是集中在所谓的发源地、传播地之争上面，而是集中在这一传说的主题、人物形象以及人物关系上面。

而在该传说的传播形式上，在进入到现代社会之后，地方戏曲形式尤其是越剧中的"梁祝传说"，以及小提琴协奏曲《梁祝》等，对于该传说的"现代化"和现代艺术化，包括对该传说的进一步更广泛地传播，无疑起到了积极的作用。某种程度上，"梁祝传说"也是古代民间传说"现代转型"较为成功的典型之一，也可以说这一古代民间传说，较好地实现了与现代的对话与对接。

而在进入到1950年代以后，"梁祝"传说无疑发展到了一个重要而且辉煌的时期。新的《婚姻法》的颁行，从制度上为男女之间的恋爱自由、婚姻自主提供了保证。新社会、新时代和新的意识形态，似乎都从这个流传了一千多年的民间传说中，找寻到了控诉、赞美、哀吟或者重新叙述的思想的、道德的、情感的，以及审美的要素。越剧、川剧、京剧舞台上的梁祝传奇、电影《梁山伯与祝英台》、小提琴协奏曲《梁祝》……一时让这个原本主要在江南中原地区流传的民间传说，这个甚至还带有一些"怪异"色彩的民间情爱故事，迅速扩散传播到全国，甚至在全球各地所有有华人的地方，都能听到"三载同窗""十八相送""楼台相会"的传说。而原本一直在民间流传的"梁祝"故事，一下子也具有了高度的思想和情感的代表性，俨然成为中国这个一度被认为是"爱情荒"的国度里弥足珍贵的男女情爱资源。而民间传说借助于新时代新的传媒方式，也最大限度地实现了民间传说的传播影响效应，甚至成为传播新的意识形态的一种绝佳载体。

内蕴

对于像"梁祝传说"这样具有一定现实性或社会批判性的民间传说，其内蕴的揭示与阐述，不应该忽略历史语境或历史维度。也就是说，从历史视角来看，应该能够发现这一传说，一方面如何反映并表现了当时或其演化过程中人们对于女性权利、两性关系、爱情婚姻等相关命题的认识与理解；同时又如何回应了当时社会包括制度层面、生活层面等对于这些命题的一般认识与规约。由此也可以揭示出该传说所包含着的思想上的时代进步性。当然，同时也应该兼顾到文学的、审美的，以及社会与伦理的观照与考察维度。

节义主题

在冯梦龙辑录的梁祝传说中,尤其是《祝英台》一条之中,着重突出并肯定的,是祝英台对于梁祝二人情义的忠贞,也就是褒扬的祝英台行为中的"节义"一面。

这不奇怪。

在过去主流、正统文化中,如何将这样一个多少有些离经叛道、荒诞不经的民间传说,改造成为一个可以服务于主流思想及价值观念的"故事",重新诠释或赋予这一传说所蕴含的主题思想,大概是对这一传说进行改写、整合的主要目标之一。而儒家思想以及家族宗法观念,自然会借助于这一改造而渗透到这一传说之中。所以,在这种梁祝传说中,被歌颂赞美的,首先并非是二人之间生死不渝的浪漫爱情,而是祝英台对于梁山伯的"节义追随"。在这种追随之中,尽管肯定甚至赞誉了祝英台的行为中所表现出来的"美好",但这种叙述,却是是以梁山伯为中心而表现出来的，换言之，即祝英台的"故事"，是以梁山伯为中心、为转移、为追求的，由此落实了儒家正统价值理念中的对于男女性别关系的一种伦理建构和规约。

不过，无论是历史本身，还是对于历史的叙述，从来就不是掌控在民众和民间的。在这个发源于民间的男女情爱故事中，确实又隐含着强烈的反抗因素和反抗力量，于是处于统治地位的意识形态，也总是不甘寂寞地参与到这个流传广泛的民间传说的"当下叙述"之中，并一再试图夺取其中的话语权或主导权。最有代表性的例子，就是宋代李茂诚《义忠王庙记》中所叙述的梁祝故事。在这个叙述中，梁祝故事的主题中心，已经不是爱情和民主自由，而是处于统治地位的"忠义"。最能够证明这一点的，不是这种叙述最后梁山伯死后显灵、襄助官兵荡平贼寇这一荒诞不经的说辞，而是它真正将这一传说当作"梁祝"传说来叙述——一种以梁山伯为主体、为中心的故事叙述和主题叙述模式。

《义忠王庙记》中这种官方意识形态对民间意识和民

间理想的堂而皇之的"篡改""剥夺",一方面反映出民间传说流传的一种历史形态;另一方面也从一个侧面证实了民间传说是可能被引入到庙堂之上,成为主流意识形态"篡改"民意的最好例证。这种官方化或者主流意识形态化的梁祝传说的最大危害,就在于它大大地减弱了这个民间传说的反抗性、批判性和悲剧性,尽管这种反抗、批判和控诉都还没有进入到一种自觉的境界,依然停留在原发的层面。同时,这种叙述模式中的梁祝故事,势必也大大削弱了民间开放活泼的情感方式和言语方式,在一种四平八稳的沉闷叙述中,将梁祝二人最终供上神坛或圣坛,实际上也最终扼杀了这个只有在民间才能够发散出其鲜活的思想力量和情感力量的传说故事。

情爱主题

这一主题在有关青年男女之间的婚姻需要由父母之命、媒妁之言主导的社会氛围当中,自然是会遭受到打压和抑制。也因此,从冯梦龙的《祝英台》一条记载中,基本上读不出叙事者或写作者对于这个传说以及其中人物的情感倾向与情感程度。这种状况在《李秀卿义结黄贞女》中得到了较为明显的改变。之所以如此,显然与后者的"口传性"而非"书写性"有所关联。也就是说,《祝英台》是一个书写文本,而《李秀卿义结黄贞女》是一个口传文本。两者的叙事主体不同,对待传说人物的立场、情感、观点等亦有差异,同时对于这一传说内涵的体会认识也存在差别。

在中国古代民间传说中,"梁祝传说"或许是最早的一个"同窗恋"。而"同窗恋"中的情爱主题,主要是建立在二人一见钟情、三载同窗、践诺守信,以及至死不渝的情感基础之上的。也就是说,"梁祝传说"的后半部分,其实就是在叙述一对青年男女之间的终生不渝的爱情故事。无论这种爱情怎么被压抑、被阻止、被破坏,二人之间的那种心心相印、彼此追随的情意永存。

这种爱情主题,也成为"梁祝传说"与现代社会、现代人,以及现代价值和现代审美进行对接并得以实现的关键。事实上，在现代越剧《梁山伯与祝英台》以及小提琴协奏曲《梁祝》中，主要表达的，就是这种情爱主题，以及在古代社会中无法得以实现的自由恋爱和自主婚姻。

其实，历史上的"梁祝"传说曾经经历过无数次的主题改写或者"重述"。爱情主题（在小提琴协助曲《梁祝》中，这个故事的主题线索被高度概括为相爱、抗婚和化蝶三部分）在这个传说中，或许是其原初的主题线索。这并不难理解。因为在以父权、夫权和子权为中心的男权社会中，女子现实地位的低下，势必直接影响到女子在男女情爱生活中的处境与行为。也正因为这种压制性的话语环境与现实存在的真实，催生出了青年男女尤其是女子对于自由恋爱、自主婚姻以及超越了一般现实功利诉求的情感生活的向往，也催生出了许许多多表达了上述向往、寄托了上述理想的故事传说。这种理想与现实之间巨大的落差，并没有彻底窒息青年男女们对爱情的憧憬和追求，也没有彻底窒息民间对于这种爱情的想象与塑造——爱情版的梁祝传说，成为了与这种历史和社会现实相抗争的青年男女们最好的安慰，也是他们不惜自我牺牲以实现上述理想追求的最明显的证明。

但是，一个显而易见的事实是，在汉民族漫长的历史当中，爱情并非是禁锢中的女子们对于人生唯一的理解与憧憬。正如她们渴望爱情一样，她们也渴望能够像男子一样，享有受教育的权利。实际上，传说中的梁祝故事，在爱情主题之中，一直缠附着其他一些主题，譬如女子受教育的权利等——其实，已经定型了的梁祝传说，其故事的缘起，并非是一个女子"思春"，而是一个名叫祝英台的女孩子，不满于闺阁绣楼或者后院里的清教徒式的无聊生活，向父母要求出去读书，出去见识更广阔更精彩的世界。至于这种要求当中是否夹带有祝英台对于外面世界中翩翩男儿们的渴望，这不过是人性当中再自然不过的事情，大可不必刻意追究。

性别身份、权利意识及反抗精神

其实,"梁祝传说"中从一开始就带有的一种传奇色彩,与祝英台的女扮男装有关。中国古代历史中几乎所有女扮男装的故事传说,都带有相当程度的传奇色彩。一个年轻女子,为了实现自己走出家门、接受学校教育以及体验外面世界的追求,不得不采用了变装甚至"变身"的方式,这也从一个侧面,反映出古代社会中女性因为自己的性别身份而被剥夺或丧失掉的权利,而这种变装的方式,也可以视作为女性对于这种性别现实的不满与反抗,尽管这种反抗并不是以一种正面冲突和激烈抗争的方式表现出来的。

而梁祝传说中的这一主题,实际上也成为这一传说进入到现代语境之后能够较为顺利地完成对接转型的重要原因。20世纪中国所倡导追求的现代文化与现代价值中,性别身份、权利意识以及反抗精神,无疑是其中颇为重要的构成要素。而"梁祝传说"几乎自始至终就包含着上述要素,无论是显是隐,这个传说对于祝英台的肯定与表扬，其中很为重要的一方面，就是在她对于当时性别观念和性别歧视的反抗，对于女性受教育的权利、个人自由——包括自由出行、自由恋爱等方面的权利——等的追求与捍卫。就此而言，祝英台在这一传说中的位置和意义，似乎还要超过梁山伯。

遗憾的是，很多民间传说中的梁祝故事，仅仅将祝英台这一极富思想价值和现实意义的追求，控制在一个"爱情故事"发生的情节线索的范围之内，并不去突出女子受教育权利受到漠视、被彻底剥夺这一社会制度性的缺陷与不公。最明显的证据，就是不少梁祝传说为了解释祝英台这个女孩子出门读书想法的合理性，提供了种种让人感到好玩甚至好笑的说法，譬如说祝英台从小就是个假小子——读书的想法在男子那里，是一种正当合理的意识和要求，这种性别化的权利与对权利的性别化理解一样，成为上述梁祝传说展开叙述的一个社会言论和集体无意识的基础或者前提。

问题是，假如祝英台从一开始向父母提出来的权利要求、向整个社会提出来的公正合理的要求，就是集中在女子的教育权利上,而根本没有涉及男女恋爱自由(事实也正是如此),那么,这个传说的反体制力量和反主流及官方意识形态的意义,在其漫长的流传过程中,也就势必无法回避和压制。或许"窈窕淑女,君子好逑"一类更接近于自然人性,而受教育是第二位的权利要求。既然两者不可兼得,挑选出来的自然就是首先满足对心上人的追求与选择的权利了。

梁祝传说的历史,似乎也证明了这一点:越是接近于现代,女性对于权利意识越是明确强烈坚定,梁祝传说中所包含着的主题意识和主题线索也就越丰富。在民国时期的张恨水的长篇小说《梁山伯与祝英台》中,祝英台已经可以直接就女子究竟是否享有与男子平等的受教育权利而与父母据理力争了。

性别独立平等与男女和谐进步

而"梁祝传说"并没有单方面地表现、突出两性之间的矛盾冲突，譬如在表现祝英台的性别真实身份的细节方面，现代戏剧作品中通过"十八相送"的情节安排来予以体现，当然其中也渗透着祝英台对于梁山伯的情爱暗示与心愿隐喻。

而在"十八相送"中，读者和观众看到的，是一对平等相处的青年，以及他们之间基于同窗情谊的美好和谐关系。而类似的关系在传统中国的社会现实中或许不多见，但在古代文艺作品中却并不鲜见。单不说类型文学中的才子佳人小说，就是在民间传说中，对于恋爱中人彼此之间平等和谐的两性关系，也是充分肯定并着力赞美的。而"十八相送"，几乎已经成为"梁祝传说"的代名词。明传奇《山伯赛槐荫分别》，以及民国时期的绍兴文戏《新十八相送》，都是对"梁祝传说"中的"分别、相送"这一情节单独进行描写叙述的。

值得注意的是，无论是那一种版本或者叙述方式的梁祝传说，这个故事的结尾，都是现实无法承受爱情之重，都是抗婚无效、出嫁途中的祝英台在途经梁山伯坟茔之时，跳进了突然塌陷的坟茔。一对生死相恋的情侣，最终幻化成了一对相伴相随、厮守不离的彩蝶！这一惊天动地的行为和无与伦比的想象力，将中国式情爱故事在现实的重压之下无法落实的悲剧性，推到了极至。而民间对于爱情的理解与追求，对于自由的理解与追求，对于现实黑暗、残酷和沉重的理解与反抗批判和控诉，也在这种看似轻盈的"幻化"当中，通过那一对无言又无语的精灵，生生呈现在每一个人的眼前！

既然如此，那么，"梁祝"传说是否还会继续流传下去呢？又或者，我们究竟是需要一个"梁祝"故事呢，还是一个"祝梁"故事？

这当然要看梁祝传说中所提出的诉求，是否已经变成了我们生活的现实，或者已有多少变成了我们今天生活的现实。

(伍)目连救母传说

中国古代民间传说中的"目连救母",据悉与《佛说盂兰盆经》有关,或者直接演绎自该经。而有关《佛说盂兰盆经》,尽管署"西晋三藏法师竺法护译",亦有学者认为该经或为"假托",也就是所谓"编造"之作。

而"目连救母传说",大概亦可视为中国古代民间传说中最典型、流传亦最广泛的一个"救母"传说。尽管该传说带有明显的"外来身份",但却在中国传统文化中找到了栖息之地。

传说

《佛说盂兰盆经》

《佛说盂兰盆经》原文如下:

闻如是。一时佛在舍卫国祇树给孤独园。大目犍连始得六通,欲度父母,报乳哺之恩。即以道眼观视,见其亡母生饿鬼中,不见饮食,皮骨连立。目连悲哀,即以钵盛饭,往饷其母,母得钵饭,即以左手障钵,右手搏食,食未入口,化成火炭,遂不得食。目连大叫，悲号涕泣，驰还白佛，具陈如此。

佛言："汝母罪根深结，非汝一人力所奈何。汝虽，声动天地、天神地祇、邪魔外道、道士四天王神，亦不能奈何。当须十方众僧威神之力乃得。吾今当说救济之法，令一切难皆离忧苦。"

佛告目连："十方众生，七月十五日，僧自恣时，当为七世父母及现在父母厄难中者，具饭、百味五果、汲灌盆器、香油锭烛、床敷卧具、尽世甘美以著盆中，供养十方大德众僧。当此之日，一切圣众，或在山间、或得四、或在树下经行、或六通声闻缘觉、或十地菩萨大人，权现，在大众中，皆同一心，受钵和罗饭，具清净戒，圣众之道，其德汪洋。其有供养此等自恣僧者，现世父母、六亲眷属，得出三涂之苦应时解脱，衣食自然；若父母现在者，福乐百年；若七世父母生天，自在化生，入天华光。"

时佛敕十方众僧，皆先为施主家咒愿，愿七世父母行禅定意，然后受食。初受食时，先安在佛前，塔寺中佛前，众僧咒愿竟，便自受食。

时目连比丘及大菩萨众皆大,目连悲啼泣声释然除灭。

时目连母即于是日,得脱一劫饿鬼之苦。

目连复白佛言:"所生母,得蒙三宝功德之力,众僧威神力故。若未来世,一切,亦应奉,救度现在父母,乃至七世父母,可为尔否?"

佛言:"大善快问!我正欲说,汝今复问。善男子!若比丘、国王太子、大臣宰相、三公百官、万民庶人,行慈孝者,皆应先为所生现在父母、过去七世父母,于七月十五日,,僧自恣日,以百味饭食,安盂兰盆中,施十方自恣僧,愿使现在父母,百年无病、无一切苦恼之患,乃至七世父母离恶鬼苦,生人天中,福乐无极。是佛弟子修孝顺者,应念念中,常忆父母,乃至七世父母。年年七月十五日,常以孝慈,忆所生父母,为作盂兰盆,施佛及僧,以报父母长养慈爱之恩。若一切佛弟子,应常奉持是法。"

时目连比丘、四辈弟子,欢喜奉行。

上文大意是说，佛祖弟子目连（大目犍连）修成正果、"始得六通"之后，很想超度自己的父母，来回报他们当年的养育之恩。可是目连在用道眼观视世间的时候，看到自己的亡母竟然为一饿鬼，瘦骨嶙峋，饥饿哀嚎不止。目连心中很是悲哀，即用食钵给母亲送食，不想母亲得钵刚准备吃，钵中之物竟然瞬间变成了火炭，根本无法进食。目连看到这一切心里更感悲苦，回来告知佛祖。佛祖告诉目连，其母生前"罪根深结"，仅靠目连一己之力，根本无法让其母得以解脱。只有得到十方众僧神威之力的襄助，方能如愿。

之后佛祖告诉了目连如何方能遂愿之法，即于自恣日（又称佛欢喜日，农历七月十五日）由目连供养十方僧众，以此来广大功德，得此神威之力襄助，才能将其母从饿鬼道中救拔出来，脱离无边苦海。目连如是遵循而行，不仅自己心中的悲苦释然除灭，而且他的母亲也于自恣日得以脱离饿鬼之苦。

《荆楚岁时记》

至迟在南朝时候,民间已经出现与"目连救母"传说相关的民间习俗。宗懔《荆楚岁时记》中,亦有相关记载:

> 七月十五日,僧尼道俗悉营盆供诸佛。
>
> 按:《盂兰盆经》云:"有七叶功德,并幡花歌鼓果食送之。"盖由此也。
>
> 《经》曰:目连见其亡母在饿鬼中,即以钵盛饭往饷其母,食未入口,化成火炭,遂不得食。目连大叫,驰还白佛。佛言:"汝母罪重,非汝一人奈何。当须十方众僧威神之力。至七月十五日,当为七代父母厄难中者,具百味五果,以著盆中,供养十方大德。佛勅众僧皆为施主,祝愿七代父母,行禅定意,然后受食。"是时目连母得脱一切饿鬼之苦。目连白佛:"未来世佛弟子行孝顺者,亦应奉盂

兰盆供养。"佛言："大善！"故后人因此广为华饰，乃至刻木割竹，饴蜡剪綵，模花叶之形，极工妙之巧。

上文所载，表明至迟在南朝时期，民间已有了七月十五"营盆"供养的习俗。而且明示该民间习俗演化于《佛说盂兰盆经》。由佛经到民间信仰再到民间习俗，其中转换的路径及过程，其实亦颇有细究之意义。上文末还述及当时与七月十五日相关的一些习俗，有些如今恐已鲜见，譬如"刻木割竹，饴蜡剪綵，模花叶之形，极工妙之巧"之类。

《佛说净土盂兰盆经》

如是我闻，一时佛住舍卫国，祇树给孤独园，重阁讲堂，夏三月安居，坐宝莲华师子之座，口放赫赫照明天光，集诸大众，亦为显说目连宿世因缘。与八百万菩萨，五百万比丘、比丘尼，五百万居士，五百万清信士女，说净土之行，心净故行净，行净故心净。是时，阿难白佛言："世尊，心为生累本，心为藉真始；心为从心生，心为没苦始；心垢故佛土亦垢，心净故佛土亦净。如佛言，佛土是垢是净；如佛言，佛土非垢非净。"佛言："止，阿难。先救目连无量苦恼，后当广说。"

尔时，目连比丘从其本宅，为母七日持中食已，即以神通道力，入十八王三昧，定观母生在何处，极尽神力故，都不知所在，号咷涕泣，悲声哽咽，来向佛作礼，悲声不止，白佛言："世尊，我母为生天上，为生人道中，为生十八泥黎中，唯愿世尊，大慈说其因缘，使弟子心开意解，唯唯世尊，希闻希闻。"

尔时释迦牟尼佛告目连比丘："汝莫大啼泣哽咽，吾须臾之间，示汝母处，已生十八泥黎饿鬼中。"目连闻佛语已，转更悲咽，宛转于地，不能自起。佛语目连:"汝莫大呼啼,但为作福业为先,今佛夏三月安居,汝于后月十五日,造作盂兰盆,盛百一物,从杨枝、豆末,乃至钵盂、锡杖等,具足百一物也。百一味饮食,从甘果,乃至坐草等,具百一味,施佛奉僧,即离饿鬼三劫之苦,现身饱满,即生人道,母子相见。"是时,目连见母,喜勇无量,如恒河沙中求一金沙,我今得之;譬如孝子闻母已死,忽然还活;譬如生盲人,忽然眼开;如人已死更生——目连欢喜,亦复如是。

尔时目连现十八变,坐出烟焰,立出雨水,现化已竟,奉佛圣教,告一切大众,十六国王、王子、百官、比丘、比丘尼、优婆塞、优婆夷,皆奉佛圣教,受持于夏三月十五日,各各自为七世父母,现在宗亲,营立盂兰盆,以百一味饮食以安贮盆中,奉佛施僧,僧受用其檀越布施切果,得福无量,七世父母超过七十二劫生死之罪。

尔时,十六国王,闻佛世尊说,目连生身见母,脱三劫饿鬼之罪,生人道中,母子相见,实得未曾有，希有希有。时摩竭提国瓶沙王，即敕藏臣"为吾造盆"，臣奉敕，即以五百五百金盆、五百银盆、五百琉璃盆、五百砗磲盆、五百玛瑙盆、五百珊瑚盆、五百虎魄盆，各各盛满百一味饮食，事事如法。五百金钵盛满千色华，五百银钵盛满千色紫金香，五百砗磲钵盛满千色黄莲华，五百玛瑙钵盛满千色赤莲华，五百珊瑚钵盛满千色青木香，五百虎魄钵盛满千色白莲华，使七千童子各各擎着王前。王视之如法，即敕主兵臣严驾十四万众，俱到祇洹寺，礼佛奉盆及僧，以七宝盆钵，俱施与佛及僧，僧受用竟，还驾归国，七世父母超过七十二劫生死之罪。

尔时，祇洹林中，须达居士、毗舍佉母、二百优婆夷，即从坐起还家，闻佛夏三月十五日至共办盂兰盆，盛百一物，事事如法；百一饮食，味味具足。即以车载舆盛，百一无至祇洹寺，先以奉佛，后施与僧，二百居士、清信女送盂兰盆竟，礼佛而归，七世父母超过七十二劫生死之罪。

尔时，波斯匿王、末利夫人，班宣国内，依目连施盆法修行。时大王、夫人即敕藏臣为"吾造盂兰盆"。臣奉敕，即以五百紫金盆，五百黄金盆，盛满百一味饮食；复以五百紫金舆，五百黄金舆，盛满百一物。事事具足，送至王前。末利夫人见事事如法，时王即以严驾十八万众，共至佛前，奉千金盆、千金舆等竟，敬礼已，奉辞而还，言归本国，七世父母超过七十二劫生死之罪。

尔时须达居士闻目连为母造盆功德，目连生身见母得脱饿鬼三劫之罪，生人道中。须达即为一切众生、七世父母，造盆施僧，八种施中安居施，何等为八？一僧得施，二现前施，三界得施，四安居施，五斋限施，六指示施，七给得施，八三世常住僧施如法施。须达告诸居士："宜应急知八种施僧，可施不可施，依佛教无罪。"

尔时阿难共五百罗汉即从坐起，白佛言："世尊，目连比丘母行何业行，生世之时作何罪过，受生饿鬼三劫受罪？目连何因缘故，托其家受生，果报若此？乃复圣如是？唯愿世尊说目连母因缘，一切大众同共得闻。"

尔时世尊告阿难及五百居士言:"一切众生,行业果报,不可思议,汝等谛听。往昔过去世五百劫时,有佛名曰定光,出现于世,住罗陁国中。尔时目连生一婆罗门家,字罗卜,母字清提。其儿罗卜少好布施,其母大悭不乐布施。其儿罗卜出外远行,嘱母言:朝当有多客来觅儿,阿婆当为客设食,恭须一一使欢喜。是其母,儿行后,多客来,其母都无设食之意。母诈作散饭食菜茹盐等,狼藉在地,似若食处。儿从外来,问母言:今朝客来,若为对之?母答言:汝不见设食处所,狼藉在地如此?其母妄论诈称调儿,大悭无情。其母五百世与目连为母,悭惜相续,至于今日。目连五百世为其子。今母死,入饿鬼中,目连于初七日,送一钵饭上灵床上,其母犹在鬼中,即得钵饭,诸余饿鬼来从乞饭。其母得钵饭,即举身坐钵饭上,犹故悭惜。若欲广说其母大悭之事,一劫不尽,略说一悭之事,以示大众。三世果报,不可思议。"

尔时，阿难、五百居士，闻佛为目连说盂兰盆，施佛及僧，生身见母，在人道中，现世得果报，不可说功德如是，顶受流通至无量劫。

尔时未来世菩萨摩诃萨、比丘、比丘尼、优婆塞、优婆夷，受持、读诵、解说《盂兰盆经》，一切知闻，流通宣说，化化不绝，至未来世。尔时复有梵天王、六欲诸天、阿修罗、天龙八部鬼神，于无量劫受持、读诵、解说，如法修行，如是无量大众欢喜奉行，如生见佛，等无异也。（此本亦为敦煌遗书，推测为唐代写本，现收藏于法国国家图书馆保罗—伯希和收集敦煌遗书文档。）

上文所述内容，与本事一、二并无大的差别，但在细节内容上有所增补扩充，尤其是对于目连出家修行之前的家世，其母"恶根深结"，遭致身后惩戒的缘起交代详细。

播衍

在古代社会,"目连救母"传说的播衍流传,大体上有三条路径。其一是这一传说故事在儒道释三大话语体系之间的融合以及最终的混同;其二是与这一传说故事相关的"七月半"祭祀亡魂这一民间风俗;其三是这一传说故事的民间文艺化,尤其是通过讲唱文学和民间戏剧文艺的方式得到进一步传播。进入到现代社会之后,上述三条路径的传播方式、传播强度以及影响形态或许有所变化,但总体上这种"三位一体"的播衍结构并没有根本上解体或消失。其中,以"七月半祭祀亡魂"为标志的民间习俗以及民间文艺形式对于该传说在现当代社会的流传推动尤多。不过，从当下所流传的"七月半祭祀亡魂"习俗当中，已经不大能够直接与最初的"目连救母"传说关联在一起了。

佛经故事中的"目连救母"传说进入到世俗民间社会之中，并逐渐成为影响甚至塑造民间百姓家庭伦理观念的一种文化资源，得益于盂兰盆会的盛行，以及该佛经故事的变相（图像传播文本）和变文（文字传播文本）的流行。据考在唐代，目连故事的变相与变文，在唐代已经达到过一次出版传播的高潮，其中变文方面，在敦煌所发现者即有十六则，为《大目干连冥间救母变文》《大目犍连变文》或《大目连缘起》《大目连变文》等。现收藏于伦敦大不列颠博物馆的《大目干连冥间救母变文》内容结构上则基本完整。（有关敦煌变文中"目连救母"传说的遗存情况，参阅《目连救母之演进及其有关文学之研究》一书之第84—86页。）

变文这种"聚众谭说，假托经纶"的传唱播衍方式，一般不大为文人雅士所接受，在宋代还曾一度被官府禁止，（变文这种民间表演形式之所以一度被官府禁止，大概与这种形式中传播的一些故事内容不无关系。唐代赵璘《因话录》卷四"文淑僧"一条中云：有文淑僧者，公为聚众谭说，假托经纶。所为无非淫秽鄙亵之事。不逞之徒，转相鼓扇扶树。愚夫冶妇，乐闻其说，听者填咽寺舍，瞻礼崇奉，呼为"和尚"。教坊效其声调，以为歌曲。其氓庶易诱，释徒苟知真理，及文义稍精，亦甚嗤鄙之。近日，庸僧以名系功德使，不惧台省府县，以士流好窥其所为，视衣冠过于仇雠，而淑僧最甚，前后杖背，流在边地数矣。）但有关目连救母的传播，似乎并没有因此而烟消云散。除了各种变文，后世还有宝卷以及民间戏剧文本，像《目连救母出离地狱升天宝卷》《目连救母行孝戏文》，以及《劝善金科》等。而"目连救母"这样一个佛经故事，通过变文这样一种"俗话"形式完成其在书写文本的第一次语言转换，又通过讲唱的表演形式完成第二次语言转换。在这两次语言转换中，悄然发生的还有这一佛经故事在文化上的转换。这里所谓"文化"，并非仅只一般意义上的文化理念与文化价值，而是一个系统的文化结构——从佛经文言书写文本，转化成为一个有僧侣在"里人"面前口唱宣讲的口头故事,"目连救母"故事的整个生态形式及结构已经全然改变,伴随其间的,还有由散文韵文、书写体口语体混合搭配的一种新的汉语中文文体的出现并逐渐普及,即所谓"变文体"。

在目连救母传说的讲唱文学类型中,变文、宝卷,以及民间戏剧对于该传说的播衍流传和深入人心之作用甚大。

此外,"七月半"民间祀鬼、祭亲、斋僧的习俗,对于该传说的进一步流布,影响更为深远。

毫无疑问,一直流传至今的农历"七月半"祭祀亡魂的习俗,与"目连救母"传说关系密切,或者说深深地打上了这一传说的烙印。但是,传统的"七月半"作为汉民族的一个节日,无论是其缘起还是主要内容,并不仅限于"目连救母传说"这单一来源。

实际上,农历"七月半"祭祀亡魂节,除了盂兰盆节这一称呼,另外还有鬼节、亡人节、中元节、地官节等。其中中元节、地官节这些称呼,就体现出与"目连救母"传说并没有都少关系的另外一种话语体系。

在《佛说盂兰盆经》出现之前,已经有与农历"七月半"相关的一些节日,其中可考者,就是在西汉时期,中元节的主要内容,并非是祭祀亡魂,而是庆贺秋收并酬谢土地。民间有以新米上供、向祖先报告收成的习俗。而在后来,应该是与"目连救母"传说的出现有关,中元节的上述内容与习俗逐渐淡出该节日范围,出现了道教系统的中元普渡和佛教系统中的祭祀亡魂的内容,其中佛教系统的"七月半盂兰盆会"影响尤广。上述内容及主题从道教、佛教中溢出、扩展渗透到世俗社会和民间生活之中,逐渐演变成为古代中国祭祀亡魂、供祀中元赦罪地官清虚大帝的一个重要节日,与除夕祭祖、清明扫墓、重阳敬老等节日一道,成为儒家孝道思想在民间社会及现实生活中最主要的节庆文化载体。

至于佛教语境中的"盂兰盆会"或"盂兰盆节",据《佛祖统纪》载,梁武帝萧衍始设盂兰盆斋,施斋供僧,举行诵经法会,举办水陆道场,放焰口,放灯等,之后代代承袭。

至此，汉地民俗中的"七月半"祭祀祖先亡灵，与道教的中元祭鬼及佛教的盂兰盆会斋僧之俗混合一处，相互推波助澜，演变成为一种播衍广泛久远的民间风俗。诚如周密《武林旧事》卷三记载："七月十五日，道家谓之中元节，各有斋醮等会。僧寺则于此日作盂兰盆斋。而人家亦以此日祠先。"

《佛说盂兰盆经》还传至日本，后者亦于推古天皇十四年（公元606年）开始举行盂兰盆会。

内蕴

与大多数中国此类民间传说、故事差不多的是,《目连传说》流传过程中,逐渐渗透杂糅佛、道、儒几大话语体系。

纯粹就"目连救母"传说的起源而言,它溯源于佛家故事。但在《佛说盂兰盆经》之后的近两千年时间中,它不仅经历了一个漫长的民间流传过程,也经历了一个不同话语体系相互渗透融合的跨文化对话与文化转换的过程。在此之间,它一方面与中国本土的道教思想话语和儒家思想话语渗透结合,成为一个适应中国本土社会和民间文化的外来佛经故事,并逐渐淡化这一传说故事的"外来色彩"或"文化身份";另一方面,它又见证了儒道释这三大话语体系的"混同"。

救母主题

"目连救母"传说关涉母子关系。而这种有关母子关系的想象叙事,既可以在佛教语境中得以阐释,亦可以隐喻象征着世俗语境中的母子关系——譬如儿子成功发达之后如何对待已经衰老虚弱的母亲。

而目连救母传说之所以能够在中国古代社会影响久远,不能不说与传统中国有关母子关系的正统道德伦理、孝道思想以及孝文化共同构成的行为认识——判断"装置"密不可分。也就是说,在上述有关行为认识——判断的"装置"的作用之下,什么样的行为及关系被确定为"符合孝道",而什么样的行为及关系又是有悖于孝道,以及符合孝道的行为及关系会得到怎样的犒赏回报,而有悖于孝道的行为及关系又可能会遭到怎样的惩罚等,其实在这一"装置"中均已连带产生。这一"装置"不仅存在于个人对于自我的行为认识——判断之中,而且同样存在于集体对于行为的认识——判断之中。前者的"自律"与后者的"他律"交互作用,共同生发出一种强大的对于人的行为、心理及价值标准的影响、塑造、评估、制约、规范以及践行的结构性机制。

也就是说,中国传统孝道文化之所以具有强大的影响力,并非只是因为这一整套孝的观念或孝的思想,而是与产生这种孝道思想和文化的历史的、社会的、现实的土壤密不可分,与已经建构起来的一揽子与孝道文化相关的生成、播衍与维护方式密不可分,与对于孝道文化所影响塑造生成的"人"——集体的人与个体的人——的评价与接纳的集体心理与行为方式密不可分。换言之,目连救母传说,几乎就是中国古代孝道文化的一个经典个案。所不同者,这一个案不是源出于由儒家文化所影响的中国民间社会,而是佛教信仰曾经盛行的古代印度。

在"目连救母"传说中,其实还潜隐着原始宗教信仰及公众心理中有关转嫁灾祸、公众驱邪、寻找替罪者等命题。不过，这些命题都是通过"救母"这一具有丰富文化与道德伦理象征意味的故事及主题来折射或隐喻的。

赎罪与得救主题

无论是《佛说盂兰盆经》抑或是之后的变文及戏剧作品，对于目连母亲在地狱之中的遭际的解释，都是与她身前现世中的种种不堪行为有关，而与作为儿子的目连，看上去并无几多直接关联。而且，在佛教语境中，目连母亲地狱之中所遭受的种种折磨，也是她前世之行所该遭到的报应。在这种解释或逻辑中，作为儿子的目连，基本上都是一个局外人，或者并不需要为母亲的处境承担什么责任。

但目连救母故事的"发端"，就是目连"不忍"之心的萌发。而这种"萌发"的起因，究竟是目连修行成佛之后境界的提高，还是目连因为母亲的受苦受难而引发的自我愧疚甚至于自我"有罪"感，似乎还有进一步分析讨论的空间与必要。也正是与此有关，目连救母传说中之后目连的行为如何理解，其中所蕴含的赎罪与得救主题，是否仅仅因为目连母亲的个人原因，还是也隐含着目连对于母亲处境的一种自我有罪化心理认知，不妨将这个佛经故事与中国本土的一个母子成仇、相互抛弃及最终母子和好的故事《郑伯克段于鄢》予以比较，我们会发现其中一个关联点，那就是在这两个有关母子关系的故事中，儿子在母亲的处境中似乎都可以不承担直接的行为责任：郑伯与母亲之间的失和，初起于庄公出身时脚先于头出来，母亲受到了惊吓而不大喜欢他，后又因母亲偏袒弟弟。至于后来母亲遭受处罚，则是源于其鼓动并支持弟弟的"反叛"。也正是与此有关，郑庄公对于母亲及弟弟行为的认识评价是"多行不义必自毙"，其中是否亦包含着某种佛教教义中对于行为逻辑及其因果报应的因素，此不赘述。不过，至少在此时，郑伯对于母亲和弟弟行为的判断，是"情断义绝"。

而后来庄公的后悔，以及在颖考叔的"启发"之下

"幡然悔悟"并掘地道与母亲相见的行为和安排，究竟只是叙述了母亲与弟弟的赎罪与得救，还是也隐含着庄公自己的赎罪与得救，这是一个关乎古代中国人的道德想象和伦理判断的命题。但这个《左传》中记录的故事，后来却成为《古文观止》的开篇，其中所包含的儒家孝道文化一目了然。也因此，母亲的"过失"，并没有在叙述者的视野中被着重对待，倒是似乎一直处于"占理"一方的庄公，却屡屡有失落后悔之意。尽管其中并没有类似于目连的不忍之心，却更好地反映出佛教东来之前，中国人对于类似处境及行为心理的观察分析与认识判断。不过，无论是在《郑伯克段于鄢》还是"目连救母"传说中，母亲的被救之后，似乎也都潜隐着"儿子"的自我救赎与自我超越。不同的是，公庄的行为中或许包含有更多自我救赎与自我超越的因素在，目连的行为中，则更多是佛教徒或觉悟者的"不忍"与"超度"。对此，《大目犍连冥间救母变文》中有云："天下之中何者重？父母之情恩最深。如来是众生慈父母，愿照愚迷方寸心。"

报恩行孝与母子和好主题

在目连变文中,有研究者认为,其中所表达的"目连的孝行""地狱经历",以及"借助于佛力而脱离因果报应"这三条中,第一条"目连的孝行"尤为重要。正是这一条,乃有之后的地狱游历,以及佛前恳请,也才有"佛说"及目连救母行为的发生及成功。换言之,整个故事传说的缘起,是目连的"孝心"或"不忍",以及由此而引发出来的种种关联。

目连的"不忍"——目睹母亲在地狱之中的遭际处境——或者与其孝心有关,亦或者与他修行成功之后的境界有关。无论如何,这种"不忍"牵引出来了之后的"孝行",而这些孝行,是对现实生活中"母子关系"的一种回应。所不同者,无论是《佛说盂兰盆经》还是后来的敦煌变文,都对目连的这种"不忍"背后的"孝心"及之后的"孝行"予以描述表现,衍生出来的话语,关联着儿子对于母亲的报恩行孝以及母子之间的"和好"。

佛经故事中对于目连的"出家修行"以及由此而给母亲所造成的心理影响并没有关注及描述——在修行者的眼里或自我认知中，个人修行的"合理性"近乎不辩自明，也因此，自己之外的所有家人，理应接受并支持修行者的这种个人选择。但在目连救母故事中，造成目连母亲遭受报应的"前因"，似乎与目连全然无关，而仅为目连母亲个人的因果报应——这种叙述亦符合佛教中对于个人因果报应的说法。但对于目连不忍心、报恩心萌发及救母行为发生的高度重视及详细叙述，显示出佛教思想中国化或在地化的"痕迹"。这一"转换"过程及"痕迹"，在变文中留存更为显著。变文《目连缘起》中甚至直接由讲唱者对听众进行相关说教："奉劝座下弟子，孝顺学取目连。二亲若也在堂，甘旨切须侍奉。父母忽然崩背，修斋闻法酬恩。莫学一辈愚人，不报慈亲恩德。六畜禽兽之类，犹怀乳哺之恩。况为人子之身。岂不行为孝顺？！"

这种"规劝"，似乎并未包含多少佛经佛理，更多关乎人情世故或者说孝心孝行。变文或讲唱者脱离开佛经本文或目连救母故事本身，而结合本土世情社会，一方面固然是为了让这一外来佛经故事落地生根；另一方面，也是在借助于本土话语体系及方式，来完成该故事的跨语际、跨文化的"转换"。而该故事最容易靠近的本土话语及打动人心的力量，大概就是"目连救母"这一行为背后所激发的血缘亲情意识及儒家母子伦理想象。《诗》曰："孝子不匮，永锡尔类。"目连救母故事，似乎也曾借助于这种传播思想来完成这一外来故事的中国"受容"过程。

陆 八仙过海传说

冯梦龙《情史类略》卷十八"情疑类"中，辑录有《张果老》一条。只是该传说仅叙张果老的故事，未见涉及其他诸仙。文中也不曾提及"八仙过海"之事。这似乎显示出在冯梦龙时代，未必就已经形成一种广为人知的"八仙搭配"或者神仙组合，亦有以其中单独一人之传说而留存者。（"八仙"中有关吕洞宾的传说故事颇多，其他各位神仙单独的故事传说亦不少。也就是说，八仙的传说故事，一方面是以这八位神仙组合的方式生成并流传，同时也有以各位神仙单个传说故事的形式播衍流传。）又或者尚未见"八仙过海"之传说广泛流传亦未可知。

  作为道教神仙谱系中的一个后来在民间社会几乎妇孺皆知的神仙群体,"八仙"指的是铁拐李、汉钟离、张果老、何仙姑、蓝采和、吕洞宾、韩湘子、曹国舅。有关这一神仙组合较为完整固定的说法,大概始见于元朝,而到明朝,有关"八仙过海"的传说基本定形。正是因为后人所熟知的"八仙"亦为道教神仙谱系中的人物,故八仙的传说不仅流传于古代民间,亦见之于道教历史典籍。

传说

八仙的说法

中国古代有关八仙的说法或者这种神仙组合的说法起源甚早,而且在不同朝代,八仙的组成亦颇有差异,与后来固定成型的"八仙过海"传说完全不同。

在那些八仙组合中,较为知名者有辅助西汉淮南王刘安撰成《淮南子》的"八公",(晋干宝《搜神记》中辑录有"淮南八公歌":淮南王安,好道术。设厨宰以候宾客。正月上午,有八老公诣门求见。门吏曰王,王使吏自以意难之,曰:"吾王好长生,先生无驻衰之术,未敢以闻。"公知不见,乃更形为八童子,色如桃花。王便见之,盛礼设乐,以享八公。援琴而弦,歌曰:"明明上天,照四海兮。知我好道,公来下兮。公将与余,生羽毛兮。升腾青云,蹈梁甫兮。观见三光,遇北斗兮。驱乘风云,使玉女兮。"今所谓淮南操是也。)后来亦被称之为"淮南八仙"。后来亦有"蜀中八仙"的说法。而唐代杜甫《饮中八仙歌》,写的是唐代八位能诗善饮者。可见在唐代以前,见之于文献史籍的所谓"八仙",与后来人们所口口相传的"八仙过海"的传说中的"八仙"可谓风牛马不相及。

《吕洞宾三醉岳阳楼》与"八仙"

如上所述,在元以前文献中所出现的"八仙",可以肯定与后来所谓的"八仙"并非是同一个神仙组合。真正将这八位神仙组合成为一个共进退的群体,并演绎出后来流传久远的"八仙过海"传说者，据考最在见之于元人杂剧。不过，当时这些八仙的人员组合及名称等，亦有所出入，并未完全固定统一。据考，马致远的杂剧《吕洞宾三醉岳阳楼》第四折末《水仙子》中一一点名道姓地提及八仙，大概也是这八位神仙第一次如此排列组合：

（正末云）郭马儿，你认的这众仙么？（郭云）这位做官的胡子是谁？（正末唱）

【水仙子】这一个是汉钟离现掌着群仙箓。（郭云）这位拿着拐儿的不是皂隶？（正末唱）这一个是铁拐李发乱梳，（郭云）兀那位着绿襕袍的不是令史哩？（正末唱）这一个是蓝采和板撒云阳木。（郭云）这老儿是谁？（正末唱）这一个是张果老赵州桥倒骑驴，（郭云）这位背葫芦的是谁？（正末唱）这一个是徐神翁身背着葫芦。（郭云）这位携花蓝的是谁？（正末唱）这一个是韩湘子韩愈的亲侄。（郭云）这位穿红的是谁？（正末唱）这一个是曹国舅宋朝的眷属。(郭云)敢问师父你可是谁?(正末云)贫道姓吕名岩字洞宾,道号纯阳子。

依据民间传说流播的一般规律,这八仙组合,应该在马致远这一杂剧之前已流传于民间。该剧中吕洞宾自称唐朝儒士;而铁拐李据传为隋朝人;汉钟离有说为五代、宋初,亦有说汉代人;张果老为唐代人;何仙姑为唐、宋时期人;蓝采和为五代时期人;韩湘子据传为韩愈侄子,故亦为唐代人;曹国舅为宋代人。他们生活的时代,都在马致远所生活的元代之前。

《东游记》及八仙过海传说

明代吴元泰所撰《东游记》,又名《上洞八仙传》、《八仙出处东游记》,为有关八仙修炼得道的白话章回体神话小说,凡二卷五十六回,其目录如下:

第一回　铁拐修真求道

第二回　老君道教源流

第三回　二仙华山传道

第四回　铁拐独步遇师

第五回　杨徒守尸误化

第六回　铁拐托魂饿莩

第七回　仙丹起死回生

第八回　戏放青牛乱宫

第九回　秦王请祷玄女

第十回　铁拐屡试长房

第十一回　钟离将兵伐寇

第十二回　钟离不聿交兵

第十三回　钟离大败蕃阵

第十四回　蕃兵劫败汉军

第十五回　钟离败逃山谷

第十六回　东华传道钟离

第十七回　飞剑山嵎斩虎

第十八回　点金济众成仙

第十九回　采和持板踏歌

第二十回　张果骑驴应召

第二十一回　果老殿中辨鹿

第二十二回　仙姑得梦成仙

第二十三回　洞宾店遇云房

第二十四回　云房十试洞宾

第二十五回　钟吕鹤岭传道

第二十六回　洞宾酒楼画鹤

第二十七回　洞宾调戏白牡丹

第二十八回　仙侣戏弄洞宾

第二十九回　三至岳阳飞度

第三十回　湘子造酒开花

第三十一回　救叔蓝关扫雪

第三十二回　钟吕弈棋斗气

第三十三回　洞宾私遣椿精

第三十四回　萧后吕客谈兵

第三十五回　洞宾大排天阵

第三十六回　宗保论阵漏机

第三十七回　铁拐大怒洞宾

第三十八回　钟离医疾调兵

第三十九回　大破金锁青龙阵

第四十回　钟离令破白虎阵

第四十一回　钟离令破玉皇阵

第四十二回　大破迷魂太阳阵

第四十三回　钟吕对阵回天

第四十四回　湘子设筵和好

第四十五回　国舅学道登仙

第四十六回　八仙求文老子

第四十七回　八仙蟠桃大会

第四十八回　八仙东游过海

第四十九回　洞宾二败太子

第五十回　八仙火烧东洋

第五十一回　龙王奔投南海

第五十二回　龙王水灌八仙

第五十三回　八仙推山筑海

第五十四回　龙王表奏天庭

第五十五回　八仙天兵大战

第五十六回　观音和好朝天

《东游记》小说结局为玉帝出面，摆平八仙与东海龙王之间的纠纷打斗：

> 玉帝关云一望，见泰山益高，东洋益深。乃大笑曰："人言观音神通广大，至今果然。"乃召八仙、龙王曰："汝等无故扰乱乾坤，本当重罪；但看在老道、老佛分上，并皆从宽，龙王罚俸一年，八仙谪降一等，俱限一年满足复常。"
>
> 八仙、龙王谢罪。帝即命四将班师。老君三人辞别玉帝而出。龙王、八仙在外拜谢。三人乃一齐辞别，驾云各向本处而去。自此天渊迥别，天下太平。
>
> 诗曰：
> 八仙踪迹居岛蓬，会罢蟠桃过海东；
> 大士不为扶山海，龙王安得就深宫。

自后八仙屡屡出见人间，但凡人肉眼多不识得者。彼亦必待有缘者而方度也。又将诸仙近事以及神通列述于后。

对于这部在结尾处还与孙悟空及《西游记》牵扯在一起的神仙小说，鲁迅在其《中国小说史略》中亦有论及：

传言铁拐得道，度钟离权，权度吕洞宾，二人又共度韩湘曹友，张果蓝采和何仙姑则别成道，是为八仙。一日俱赴蟠桃大会，归途各履宝物渡海，有龙子爱蓝采和所踏玉版，摄而夺之，遂大战。八仙'火烧东洋'，龙王败绩，请天兵来助，后得观音和解，乃各谢去，而'天渊迥别天下太平'之候，自此始矣。书中文言俗语间出，事亦往往不相属，盖杂取民间传说作之。

在《中国小说史略》中，《东游记》作为《四游记》

之一种并被称之为"明之神魔小说"而论述。另外三种"神魔小说"为《西游记》《北游记》和《南游记》，合称《四游记》。其中，《北游记》，四卷二十四回，署余象斗编，述"真武本身及成道降妖事"；《南游记》，亦名《五显灵官大帝华光天王传》，四卷十八回，署余象斗编。据鲁迅考云：此种故事，当时且演为剧本矣。可见当时民间，已有将《东游记》改编为剧本上演之举。大概这也是让"八仙传说"深入人心的播衍方式之一吧。

播衍

在中国，大概不少人并不一定清楚八仙的名字及故事，甚至对"八仙过海"的传说亦未必清楚，但却对"八仙过海，各显神通"这一成语耳熟能详。这也是"八仙过海"传说播衍流布的一种相对独特方式。

正如上述文字中提到过的，历史上的八仙传说，至少在三个不同语境或话语体系中存在并传播。其一是民间传说的话语体系；其二是文人著述的话语体系；其三是道教文献的话语体系。这几个话语体系既各自独立、自成体系，又相互渗透影响。应该说，这一传说之所以能够在中国历史及语言文化当中占有一席之地，与上述生成及流传方式不无关系。

就民间社会及民间文化语境中的"八仙过海"传说而言,其播衍流传方式,与普通民众的日常生活甚有关联。譬如在家中老人高寿庆典上,无论是庆寿的食物还是环境布置,甚至人们的庆寿话语,多少都会与八仙传说沾上边。之所以会如此,除了高寿喜庆圆满之类的应景之外,其中还隐含着人们对于得道成仙一类传说的某种下意识的向往。也因此,民间社会中凡是与喜庆相关的活动仪式中,与八仙有关的遗存不少,譬如八仙报喜、八仙桌等。当然这种民间文化亦与数字吉祥的集体心理意识有关。

泥塑玩具、印糕、民间剪纸、门画墙画等器物之上,大多能够见到形态各异、栩栩如生的八仙形象。八仙形象与喜庆场面的结合,这一题材及主题的出现,是与"八仙传说"密不可分的,因为在八仙传说中,亦有八仙为西王母贺寿的故事。大概这也是八仙与民间逢年过节、婚嫁喜庆、满月生辰、迎神赛社赶庙会这些喜庆场面常常结合在一起的缘由之一吧。

内蕴

神仙世界，各怀异能神通

神仙世界的想象或存在，很大程度上是人世间的芸芸众生为了摆脱此世界的种种束缚、局限、不自由和不完满，而对彼世界的想象与建构、礼敬与膜拜。

就民间语境中的"八仙过海"传说而言，该传说满足了普通民众对于神仙的好奇，以及对于他们无拘无束的仙游生活的向往。当然其中也隐含表达了对于超越此生命而进入到一个彻底解放和自由的生命世界的憧憬。

对于尘世间生命有限的隐忧，自然会转化成为对于一个超越了尘世时间律与空间律的自由自在方式的想象，而"八仙过海"传说，其实也符合并满足了人们的上述想象与憧憬，成为他们对于另一个世界或生命与生活的另外一种可能性的想象和建构。就此而言，"八仙过海"传说，其实也可以列入到古代中国对于"世界想象"一类的文学著述之中。这里所谓的"世界想象"，其实就是指对于一个超越了尘世凡俗的此世界之外或之上的彼世界的想象，是对此世界的否定与超越，这种想象和建构的思想意义、文化意义和价值审美意义，要比局限于对于此世界的修修补补更具有开创性。

在"八仙过海，各显神通"式的神话传说及故事叙事中，呈现出来的是一个富有动感活力和实践性的神仙世界，而各位世俗中人通过修道而成仙的"故事"，亦昭示出修炼对于生命超越的意义。这种意义不仅是对于业已成仙的八位世俗中人而言，对于依然纠缠在滚滚红尘之中的芸芸众生来说，又何尝不是如此呢？

得道成仙者的"和谐"组合

据说,传说中的八仙包括了男女老幼、贫富贵贱这些人世间的各种身份与处境。八仙都是从世俗身份开始,通过修炼而最终得道成仙的。他们的道路,为世俗中人超越自我、超越尘世而获得"得道成仙"境界的"超越性",提供了一种想象意义上的启发与激励。

不仅如此。

八仙过海传说还揭示出他们并不只是依靠个人的"单打独斗"而成名成仙,当面临浩渺无边的东海和法力也甚是了得的东海龙王,以及受他鼓动而来的其他海洋里的"龙王"们的围追堵截的时候,八仙门合力一处,依靠团队的力量和胜利意志而展现出强大的战斗力,最终在得到观音菩萨的"赞助"之下而获得胜利。

八仙既分别修炼得道成仙,(据吴元泰《东游记》中所言,"铁拐得道,度钟离权,权度吕洞宾,二人又共度韩湘曹友"。这是此五仙依次得道成仙的方式，并非完全由自己修炼成仙。）而他们合并一处，又似乎象征或隐喻了人生各种可能的处境或者需要经历的种种考验，以及如何通过彼此和谐相处、团推互助的方式来获得更大成功的路径。

也就是说，尽管奇迹是靠自己的本领和努力创造的，但一个神仙世界，还是需要神仙们的彼此和谐相处。而八仙过海的传说，似乎就昭示出了这一主题。

圆满吉祥

在民间，八仙传说的信仰中，也隐含了民间社会对于"圆满吉祥幸福"的向往憧憬。这与八仙各自所代表的身份及修炼得道的道路有关，也与他们最终修成正果、得道成仙的圆满有关。不仅如此，八仙之间的"搭配组合"，也隐含着中国古代民间社会对于和谐相处而获得幸福美满的一种信念。

八仙过海，最终一帆风顺，又得到了高人相助。这种圆满，因为最终还因为"天渊迥别，天下太平"，而得到了更高层级与境界的提升。

柒 端午·屈原传说

在中国古代民间传说中，端午的传说与屈原的传说原本属于两个不同的话语系统，彼此并不相干，但在后来的流传播衍过程当中，这两个民间传说出现了众所周知的交集，甚至两个传说系统逐渐融汇成为了一个传说系统，也就是后来所流行的那个有关"端午节"来历的传说，即"端午节"的出现，是为了纪念爱国诗人——政治家屈原。而原本最初那个"端午节"的缘起，似乎逐渐已被淡忘。

这种不同传说之间附会融合的现象，在中国古代民间传说中甚为常见。它一方面反映出民间传说自身在生成播衍方式上的某些特点，另一方面也反映出民间传说较为自由随意的特性。这种自由随意的特性，与民间文化自身相对开放、包容的结构形态不无关系，而这种融合方式，又往往与民众的希望、向往等有关，甚至就是上述希望与向往的实现方式之一。

在中国古代，端午节与春节、清明节、中秋节一道，并称为中国民间四大传统节日。

传说

端午与古代先民的节庆祭祀

端午节，亦称端阳节，为每年农历五月初五。有些地方也有分别过大端阳、小端阳者。小端阳时间为农历五月初五，大端阳为农历五月十五。端午节别称不少，在端阳节之外，常见者还有龙舟节、重五节、天中节、浴兰节等。这些节日命名，大多与当时当地庆贺此节的一些民间习俗有关。

古代端午节的来历，至少有两条历史文化线索。其一是时间节气语境中对于"端午"由来的解释；其二是民间社会对于"端午"的约定俗成的理解以及所形成的一些习俗。

宗檩《荆楚岁时记》中记载，在民间传闻中，亦有将五月称之为"恶月"的说法，遂又诸多禁忌：

> 五月俗称恶月，多禁。忌曝床荐席，及忌盖屋。
>
> 按：《异苑》云："新野庾寔尝以五月曝席，忽见一小儿死在席上，俄失之，其后寔子遂亡。"或始于此。或向董勋曰："俗五月不上屋。云五月脸或上屋见影，魂便去。"勋答曰："盖秦始皇自为之。禁夏不得行，汉魏未改。"
>
> 按：《月令》："仲夏可以居高明，可以远眺望，可以升山陵，可以处台榭。"郑玄以为顺阳在上也。今云不得上屋，正与礼反。敬叔云见小儿死而禁曝席，何以异此乎？俗人月讳，何代无之？但当矫之归于正耳。

对于这些传闻，宗檩也给予了澄清甚至驳诘。不过从这里也可以发现一些端午节习俗中的做法的由来，譬如采蓄杂药以除毒气、以兰汤沐浴等，大多与除毒、清洁有关。而上述记载，基本上是将前面所提到的两条历史文化线索合而为一的一种文献记载。

在《荆楚岁时记》时常征引的一种文献《风土记》（周处撰）中，就从时间节气的语境对"端午"一说的由来作了简要说明："仲夏端午谓五月五日也，俗重此日也，与夏至同。"这里夏至、端午、五月五日出现了"重合"，而且还记载当时民间已经有"重视此日"的习俗。至于重视此日的原因，并未言明。有说仲夏登高，顺阳在上，而五月是仲夏，其首个午日乃登高顺阳好天气之日，遂有将五月初五亦称为"端阳节"的说法。亦有说"京师市尘人，以五月初一为端一，初二为端二，数以至五谓之端五。"（元陈元靓《岁时广记》）。又因为在古代纪年体系中，"五"与"午"通，所以五月五日亦称"重午""端午"或"端阳"。

端午与屈原

端午节与屈原之间的"结合"究竟始于何时,一般认为南朝梁人吴均的《续齐谐记》以及宗檩的《荆楚岁时记》所述,当为较早可考之文献。不过历史人物或传说人物被附会结合在端午节上者并不仅限于屈原,亦有以端午节作为纪念伍子胥、曹娥的说法。

宗檩《荆楚岁时记》中有关"五月初五"记载者有四条,其中三条直接与今日端午节习俗有关,分别为竞渡、纪念屈原、系五彩丝于手臂以避瘟疫以及食粽子等。

> 是日,竞渡,采杂药。
>
> 按:五月五日竞渡,俗为屈原投汨罗日,伤其死,故并命舟楫以拯之。舸舟取其轻利谓之飞凫,一自以为水军,一自以为水马。州将及士人悉临水而观之。邯郸淳《曹娥碑》云:"五月五日,时迎伍君逆涛而上,为水所淹。"斯又东吴之俗,事在子

胥，不关屈平也。《越地传》云起于越王勾践，不可详矣。

是日竞采杂药。《夏小正》："此月蓄药，以蠲除毒气。"

以五彩丝系臂，名曰辟兵，令人不病瘟。又有条达等组织杂物以相赠遗。取鸲鹆教之语。

按："仲夏茧始出，妇人染练，咸有作务。""日月星辰鸟兽之状。文绣金缕，贡献所尊。"一名长命缕，一名续命缕，一名辟兵缯，一名五色丝，一名朱索，名拟甚多。青赤白黑以为四方，黄为中央，襞方缀于胸前，以示妇人蚕功也。

此月鸲鹆子毛羽新成，俗好登巢取养之，以教其语也。

夏至节日食粽。

周处谓为角黍，人并以新竹为筒粽。拣叶插头，五彩系臂，谓为长命缕。

上文中第一条提到五月五日竞渡习俗，民间传说与屈原有关，不过同时又引述其他文献，提到在有些地方，亦有将竞渡与伍子胥、曹娥联系在一起者。对此，《荆楚岁时记》并未澄清。同时还记载了此日民间亦有"竞采杂药"的习俗。这种采蓄杂药的习俗，据说是为了"蠲除毒气"。

而其中第三条，记载了当时此日民间已有食粽子的习俗。而且在荆楚一带，粽子的包裹材料，亦为竹叶。所不同者，当时除了被包裹成为"角黍"的粽子外，尚有以竹筒装米而制成筒粽者。

又，《荆楚岁时记》宝颜堂秘笈本中，出现将五月五日称之为端午的记载：五月五日，谓之浴兰节。……又谓之端午。……四民并踏百草之戏，采艾以为人，悬门户上，以禳毒气。

上述记载较为清晰地表明，至迟在南朝时候，在荆楚地区，已经出现端午、龙舟竞渡、食粽子、纪念屈原等与今日端午节基本一致的民间习俗。此亦表明，在这一时期甚至更早时候，在民间社会，已经完成了端午节与纪念屈原这两大话语系统之间的"融合"。但民间习俗中，在纪念屈原这样一个内容之外，依然保留了大量与原来的"端午"有关的一些传统习俗。譬如，清末《申报》创办不久有关端午节的报道中，就提及"龙舟竞渡，端午节之时事也"。

播衍

从历史文献记载来看，"端午节"出现的时间相当早。如果循着古代南方百越地区的龙舟竞渡以敬奉龙神、五月初五浴兰节等习俗来推测，古代"端午"习俗恐在先秦时期即已出现。当然，古代端午节的相关习俗，显然是层累形成的，而且不同地域之间，也存在不少差异。

从历史文献记载来看，传统"端午"节庆，古代南方地区和南方文化的印记比较明显。无论是与屈原相关的"端午节"，还是以龙舟竞渡为主要活动内容或习俗的"端午节"，应该说与南方江河自然地理以及人文地理都存在着密切关联。沈从文在《端午给我的特别印象》一文中这样写道,"大多数节日常和农事生产相关,小部分则由名人故事或神话传说而来,因此有的虽具全国性,依旧会留下些区域特征。比如为纪念屈原的五月端阳、包粽子、悬蒲艾、戴石榴花,虽然已成为全国习惯,但南方的龙舟竞渡,给青年、妇女及小孩子带来的兴奋和快乐,就绝不是生长在北方平原的人所能想象的!"

如果我们更深入地了解一下全国范围内有关端午节的一些常见习俗,譬如龙舟竞赛、争斗游戏、(**沈从文的小说《边城》中,当地在端午节还有青年后生在江河中竞赛捉鸭子的习俗。**)采药制药与炼药、驱邪避毒等,就会发现,其中除了龙舟竞赛一度被附会到屈原传说之中外,其他一些常见习俗,与屈原传说并没有直接、密切的关联,这表明,后来与屈原传说融合的那个"端午节",其原本有些习俗,在后来依然沿袭保留了下来。与屈原有关的习俗部分,可能是今天的端午节最主体的部分,但它并不是今天的"端午节"的全部内容或主题。概言之,屈原传说并没有遮蔽覆盖最初的"端午节"的全部内涵。

当然，进入到现代社会之后，尤其是当代中国，端午节更是以法定假日的形式确定下来。与端午节有关的龙舟竞渡，事实上现在已经发展成为一项全国范围内的群众性的体育比赛项目。这一比赛项目，在南方江河地区尤为普及并广受欢迎。据"中国龙舟协会"官方网站介绍，"中国龙舟协会自1985年成立，至今龙舟运动已在全国除西藏、青海外各省、区、市得到开展，全国正式龙舟比赛——全国屈原杯龙舟赛，于1983年开始，每两年举办全届。2004年后，由每二年举办一届改为每年举办一届，并更名为屈原杯全国龙舟锦标赛，今年已举办了十三届全国龙舟锦标赛。""经过历史的变迁及发展，龙舟也由纪念活动转变为各地举办的竞渡活动。龙舟竞渡随着华人华侨在世界范围的迁移，现在发展到世界五十多个国家和地区常年开展龙舟比赛。"

内蕴

敬神、节庆主题

端午节一直存在着的龙舟竞渡习俗，据说就是古代南方北越地区的一种与龙图腾信仰有关的祭祀活动，也带有一定的宗教色彩。不过，后来与端午有关的活动习俗中的宗教性已经大大淡化甚至完全消失，该节日也已经完全成为一个世俗意义上的节庆。进入到现代社会之后，端午节的习俗有从一般地方民间松散组织的形式，向全国范围、有组织地庆祝等方式发展的趋势。其中，端午节作为一项传统节日,已经被确定为全国性的法定假日;其次,龙舟竞渡这项与端午节密切相关的庆贺方式,也已经发展成为一项全国性乃至世界性的群体性竞赛项目。

崇敬爱国英雄与纪念先贤主题

屈原的出现,或者说屈原纪念主题进入到传统端午节之中,并成为该节日的来源传说之一种,给传统端午节注入了浓厚的文化气息和精神特质。大概这也是该节日在淡化了其原发地域的敬神内涵之后取而代之的一种新的文化内涵与内在精神气质。像端午节这样明确以纪念一位古代爱国诗人——政治家的传统节日,并以强大的文化生命力一直延续到今天,而且依然保持着与现代社会和现代文化对话的足够活力,这样的传统节日并不多见。而端午节通过这种方式所传承并传递出来的崇敬爱国英雄、纪念先贤的内蕴主题,对于建构民族文化认同与集体历史记忆方面，具有不容忽略的意义和贡献。（需要略作补充的是，端午节的纪念先贤的主题，在历史上各地区的纪念对象是有所差异的。除了前面所提到的伍子胥、曹娥等外，福建仙游县的龙舟竞赛据传是为了纪念南方蹈海殉国的宰相陆秀夫；贵州省水江一带的苗族龙舟节，则是为了纪念本民族的一位与水中毒龙搏斗而牺牲的老人；云南傣族地区的龙舟节，则是为了纪念他们的民族英雄严红窝。参阅《福建侨报》2005年2月27日载《各地划龙舟纪念人不同》一文。）

生命图腾与运动竞争主题

端午节竞采杂药、以兰汤沐浴的习俗，则反映出古代先民通过这样一个与时令节气有关的节日，来调理生活以及个人卫生健康，以顺应自然、延续生命。而在端午节中延伸出来的龙舟竞渡等活动，如果说初期还带有古代图腾信仰的色彩，后来这种色彩已经大大淡化，取而代之的是运动竞争的主题。这一主题在当下端午节的延伸文化活动中得到了更好落实与体现。

具体而言，在当下与端午节有关的龙舟竞赛运动中，充分体现了历史文化、理想追求与运动竞争诸要素较好结合的特点，也使得这一传统节日较好地实现了现代转型或者与现代文化的对接，事实上，今天的端午节庆，已经成为一种当代中国社会的新民俗，与其相关的一些展延性内容，尤其是食粽子和龙舟竞赛，几乎已经成为当下人们日常生活中的一部分。在江浙沪一带，以"五芳斋"的粽子为主食，如今已经衍生出一种连锁早点铺。吃粽子也不再是只有端午节才有的一项内容，而是天天可以实现的一种美食满足。

捌 狐精传说

在中国古代文献中，狐狸见诸记载较早。《山海经·大荒东经》中云："有青丘之国，有狐，九尾。"

又，《山海经·海内经》云："北海之内，有山，名曰幽都之山，黑水出焉。其上有玄鸟、玄蛇、玄狐蓬尾。"《山海经·南山经》云：又东三百里曰青丘之山。……有兽焉，其状如狐而九尾，其音如婴儿，能食人，食者不蛊。"此处所谓"兽"，只是说"其状如狐而九尾"，并没有说其即为狐。

《山海经》中"九尾之兽"并非狐一种。《西山经》中有"其神状虎身而九尾，人面而虎爪"，显然并非是狐。

综上述之，尽管在《山海经》中已经出现与狐狸包括后来所传神狐或狐精的"九尾狐"相关之记载，但并没有夸大这种狐的能力，也就是说并没有过分神化这种狐兽。

可以肯定的是，无论是青丘国狐氏，还是涂山氏狐氏，其形象塑造，在上古文献记载中，并非与后来民间传说或文艺作品中将狐精妖魔化的"路径"相一致。

不过，可以肯定的是，狐狸形象、狐狸题材或狐狸主题，不仅是中国古代民间传说故事中极为常见者，而且在高雅文学或书写文学中，与狐狸相关的文本亦屡见不鲜，甚至亦由此形成了像《聊斋志异》这样极富代表性的经典文本。

在古代民间文学与精英阶层的高雅文学中，狐狸传说有一个引人瞩目的交集，那就是把狐狸拟人化来展开叙述。狐精形象作为古代"情妖类"传说故事中的形象之一种，大体上是由"妖"与"情"二者结合起来所生成的。当然，这一形象的核心，很多时候还是落脚在

"妖"上，不过在前面加上了一个修饰，那就是"情义"或者"情义"的反面。

明代冯梦龙《情史类略》卷十二"情媒类"中，辑录有《大别狐》一条，其中所叙，亦与狐精有关。但叙者别出心裁，故事中的狐精形象，亦有所差别。"生始窥女而极慕思，女不知也。狐实阴见，故假女来。生以色自惑，而狐惑之也。"在这一故事中，叙事者并没有单方面地将所谓"祸害"，推究于狐精一方，遂有"生以色自惑，而狐惑之也"这样的高见。可见在古代与狐精有关的传说故事中，片面地将狐精视之为祸害并因此而几乎置之死地而后快式的立场、观点、情感及叙事，在冯梦龙的"高见"前面，就不免相形见拙。

而该著卷二十"情妖类"之《狐精》中，辑录有狐精故事凡七条，而其中亦有并非简单谴责狐精者。譬如第一条"唐充州李参军"事，在其故事结尾的叙者按语中即云："人之相害，种种不一。狐虽异类，若不为人害，胜人类多矣！"这种认识，对于摆脱古代传说故事中对于狐精概念化的刻板叙述与形象塑造，无疑是一种矫正。

但是，明代也有一部将祸国殃民的女子与狐精描写在一起并对民间社会影响深远者，这就是《封神榜》（亦称《封神演义》）中对于商帝辛的妃子苏妲己的描写。《封神榜》第四回"恩州驿狐狸死妲己"中云："不知这个回话的，乃是千年狐狸，不知妲己方俟灭灯之时，再出高前取得灯火来，这是多少时候了。妲己的魂魄，已被狐狸吸去，死之久矣。乃借体成形，迷惑纣王，断送他锦绣江山。此是天数，非人力所为。"

而司马迁《史记·殷本纪》中，对于妲己仅一言，"爱妲己，妲己之言是从。"至于妲己的出身，尤其是为狐精摄魂附体一类的说法，未置一词。可见正史与演义及民间传说之间，差别甚大。在史学家们眼中，演义类或民间传说，多荒诞不经之语。也因此，有关狐精之类的说法，亦就多见诸文学作品或民间传说。

传说

与这本小书中其他民间传说有所不同的是，中国古代有关狐精的传说，并没有一个相对成型且稳定的中心故事或骨干传说。很大程度上，古代狐精的传说并不是以一个具有一定相似度或共同性的情节展开完成的，而是围绕着狐精这一形象较为散漫随意地衍生出来的。也就是说，狐精的传说，以及不同的狐精的传说，与其说是因为故事、情节的不同，还不如说是因为传说故事中的狐精形象的差异。

而对于狐狸尤其是狐精的想象传说，古代文献及民间传说中并非完全一致，而且不同时代之间，亦有较大差异。概略而言，在汉以前的文献记载中，狐的形象相对稳定——或许与文献记载方式及数量均有限相关，之后见诸记载的狐的形象，基本以上古时期的传说为主。之后魏晋至隋唐，文人著述日渐增多，个人想象与虚构亦超乎前朝。此间对于狐的想象多见于志怪类著述之中，且其形象与妖媚一类渐多关涉，"狐媚"一词亦逐渐成为对于狐狸形象的一种较为固定且影响渐远的代称。

宋明及其以后，文人著述更为普遍。或纯为个人创作，或出于商业利益，故狐的文学形象趋于多样复杂，无论是著述者对于狐的态度看法，抑或是文本中狐的形象的隐喻内蕴，均显示出内在的丰富性或差异性。其中既有沿袭狐媚一路的说法判断，亦有对狐狸形象被妖魔化的同情，甚至以此作为对各种被妖魔化被冤枉的不幸者之同情，还有就是通过对狐狸形象的解构与重建，来作为对于那些世俗偏见以及人云亦云的回击和批判。于是，狐狸形象或狐狸叙事的思想性与抒情性亦就越来越明显，甚至被作为反封建、反礼教的代表和象征。

不尽如此。在有关狐的世说话语中，儒道释三家对于狐的形象的人世间建构各有贡献,并且都在借助于狐狸形象在民间社会的影响来渗透各自的思想话语,从而形成了民间世俗狐文化与儒、道、释三家宗教话语体系之间相互借鉴相互倚重的传承播衍格局,共同建构出了历史语境、传统文化当中的狐形象与狐文化,其中,狐仙文化与狐妖文化各据一端,分别代表了狐形象与狐文化在人间世界中的两极。而在道教的神仙道术语境、儒家的道德伦理语境以及佛教的因果报应语境中,民间的狐文化不仅没有被湮灭,反而得到了不同方式及不同程度的发挥张扬。这种现象本身,也反映出在古代社会中民间世俗文化与正统主流文化以及宗教文化之间共存共生的事实。

狐精形象之一:祥瑞、情义

有关狐的传说中,狐的有些形象,是与其毛色有关的。民间似乎亦甚传狐狸皮毛黄色者其性属土气,为阴性动物，所以常有此类狐狸幻化成为女子来魅惑男子，以提升其功力，或求得自身阴阳平衡。

相比之下，狐狸毛色黑、白者，以及所谓"九尾狐"者，则在民间传说中往往有些不同的说法。譬如黑狐，因为在五行中为水，所以其特性较为飘忽不定，"时而吉祥，时而大凶"；而白狐色白为金，在五行中与财有关，故白狐在民间传说中就不时与"祥瑞"有关。而有关"九尾狐"的特性的认识，则在古代学界就有不少说法。郭璞注《山海经·大荒东经》"有青丘之国，有狐九尾"，言云"太平则出而为瑞"；又《吕氏春秋》云："禹年三十未娶。行涂山，恐时暮失嗣，辞曰：'吾之娶，必有应也。'乃有白狐九尾而造于禹。禹曰：'白者，吾服也；九尾者，其证也。'"于是涂山人歌曰："绥绥白狐，九尾庞庞。成于家室，我都攸昌。"对于大禹与涂山女之间的这场婚姻，《吴越春秋·越王无余外传》中亦有《涂山歌》："绥绥白狐，九尾龐龐。我家嘉夷，来宾为王。成家成室，我造彼昌。天人之际，于兹则行。"从"侯人猗兮。"这一《侯人歌》，到《涂山歌》，其中所传递渗透的，不仅有涂山女对于大禹的深情，亦有守信不变的忠义，此外，对于白狐、九尾狐图腾部族的讴歌欢唱，也是显而易见的。(《聊斋志异·青凤》中云：生二十一，长孝儿二岁，因弟之。叟曰："闻君祖纂《涂山外传》，知之乎？"答曰："知之。"叟曰："我涂山氏之苗裔也。唐以后，谱系犹能忆之；五代而上无传焉。幸公子一垂教也。"生略述涂山女佐禹之功，粉饰多词，妙绪泉涌。叟大喜，谓子曰："今幸得闻所未闻。公子亦非他人，可请阿母及青凤来共听之，亦令知我祖德也。"孝儿入帏中。少时媪偕女郎出，审顾之，弱态生娇，秋波流慧，人间无其丽也。叟指媪曰："此为老荆。"又指女郎："此青凤，鄙人之犹女也。颇慧，所闻见辄记不忘，故唤令听之。")

所以后来民间有关九尾狐的崇拜，认为九尾之狐乃尊贵无比，当其出，则王道清明、天下大治、子孙繁衍等，应该说与上述文献所载不无关联。《白虎通·封禅篇》中亦谓九尾狐象征子孙繁息，"天下太平，符瑞所以来至者，以为王者承天统理，调和阴阳，万物有序，休气充塞,故符瑞并臻,皆应德而至。……德至鸟兽,则凤凰翔,鸾鸟舞,麒麟臻,白虎到,狐九尾,白雉降,白鹿见,白乌下。""狐九尾何?狐死首丘,不忘本也。明安不忘危也。必九尾者也,九妃得其所,子孙繁息也。"

而当这些严肃的思想学术类文献对于狐狸皆奉此类说法之时,其在民间流布播衍的境况亦就可以想象了。

狐精形象之二: 魅惑祸害

许慎《说文解字》卷十"狐"字解释云:妖兽也。鬼所乘之。有三德:其色中和,小前大後,死则丘首。

上述解释,已经有将狐妖魔化的明显倾向,但在宣明狐为"妖兽,鬼所乘之"的同时,又称其有"三德"。这表明,在许慎时代,对于狐的特性的认识,即便是在学术领域,也已经受到民间传说及民间文化的影响。

东晋郭璞《玄中记》中云:"狐五十岁能变化为妇

人,百岁为美女。"另亦有说"千岁之狐为淫妇为神巫"者,还说此种狐狸"能知千里外事,善蛊媚,使人迷惑失智。千岁即与天通,为天狐"。

上述文献记载,并没有过分贬低斥责狐狸成精之后的形象,虽言其成年之后能够幻化成人形,尤其是会变化为妇人、美女,甚至千岁之狐为"淫妇",但有一点可以肯定,那就是真正能够活到千岁的狐狸,肯定是凤毛麟角、少之又少。当然,说到狐狸成精之后"能知千里外事,善蛊媚,使人迷惑失智",恐更多不过为想当然而已。不过,《玄中记》的上述文字,至少表明在东晋时候,已经出现将狐狸成精之后的形象想象,与女性尤其是魅惑人的女性关联在一起。这种关联性想象和集体心理的形成,对于后来近乎固化的对于狐精的集体认知具有一定的塑形影响。

而上述叙述有一个假定,那就是狐狸通过修炼是能够幻化成精的。而能够幻化变形的狐狸,才具有祸害人类社会的能力。换言之,一般普通狐狸,并不具有实质性的危险。所以,通常意义上的狐狸传说,基本上都是指那些已经修炼百年、千年的狐狸。而狐狸的一般寿命亦就十至十五年左右。倘若像上述文献中所言，一只狐狸能够活到五十年，已属极为罕见。至于百岁狐、千年狐，那已经远远超出了狐狸的生命极限，大概只是存在于传说之中了。

也许与此有关，传说当中的狐狸，多为上述成精、成仙者。亦有以一般普通狐狸编入故事之中者，这些则多以狐狸的性格特点为依托来铺衍故事。一般狐狸在人面前大多能表现出爱撒娇，智商非常高，极其通人性等特点。而且一些毛色外表漂亮的狐狸，又往往给人一种娇贵、爱干净的印象。这些直观印象，亦能激发一些文学艺术想象。不过，动物学家视野里的狐狸，与文学家想象中的狐狸，其间的差距不可谓不大。

狐精形象之三：聪明伶俐、狡猾多疑

动物学家眼中的狐狸，或许并不一定比其他动物聪明多少。但在一般人的印象之中，尤其是通过文学家们的想象虚构，狐狸的聪明或者狡猾形象，却是深入人心。这种形象不仅在中国或东方文化之中存在，在世界范围内的狐狸文化中，亦有不少对于狐狸的这一形象的想象建构。

于是，狐狸形象中，聪明、狡猾、智慧、反应敏捷、灵活善变一类的人格化的描写就颇为常见。这些文学艺术性描写，与自然界、生活当中的狐狸的真正行为之间其实大相径庭。

而在汉语中文的词汇中，存在不少与狐狸有关的成语俗谚。这些成语或者有些故事典故，或者直接来自于人们的经验印象之总结，譬如：狐假虎威、狐朋狗党、狐狸尾巴、满腹狐疑、狐疑不决、老狐狸等。而文学作品中的狐狸形象，除了上述聪明、狡猾之外，还有多疑、善于行骗、精于借势等。这些认知判断中所呈现出来的差异性甚至矛盾性，反映出人类在借助于动物性来反观人类自身属性或本性之时所出现的内在张力。某种意义上，这些具有内在张力的认知判断，其实不过是人类认识自身之方式与结论的一种隐喻而已。

狐精形象之四： 反封建、反礼教的先锋模范

《白虎通》卷九"嫁娶"中云："男不自专娶，女不自专嫁。必有父母，须媒妁何？远耻防淫佚也。"《诗》云："取妻如之何？必告父母。又曰：取妻如之何？匪媒不得。"

上述这段论述，足见在儒家正统话语体系中，男女之间的婚嫁，必须符合主流礼仪，即所谓"父母之命，媒妁之言"。这种社会伦理规范，维护了中国古代社会中男女关系之大防，同时也成为古代中国对于青年男子自由恋爱、自主婚姻追求最大的思想与伦理障碍。

而在古代一些文人作品中，狐在两性关系中的形象，往往就成为这些文人作家寄托其在两性关系方面的思考与理想的代表。狐狸的率性随情、自然而为的行为方式，

清洁温柔的外表,以及安静从容的接待外物的姿态,似乎都为古代社会中甚为严苛的两性关系之大防中的男性——尤其是青年男性——的异性想象,提供了某些温馨柔和的联想。

在冯梦龙的《情史类略·情妖》"狐精"一条"唐兖州李参军"故事中,直言不讳地指出,其实人类假托狐狸表现的种种丑恶邪恶,在人类自身身上无不存在。冯梦龙甚至大胆地声言,倘若狐不为人类所害,其实它们不知要胜过人类多少倍!

而在蒲松龄的《聊斋志异》中,集中刻画了中国古代狐精传说或文化中的狐女这一类型。在其小说文本中,这一类型的狐女有狐狸的动物本身或本体,但又已经修炼成为能够幻化成为女子的能力。这些狐女具有一些共同的人化的情感特质乃至精神特质,譬如勇敢追求自己的爱情、情深义重、美貌与智慧兼具、具有超出人世间女子的行动力和意志力等。而所有这些,与在古代主流正统文化中对于女性行为操守的规定性礼仪要求,形成了较大的反差。而之所以这类狐女形象叙事,实际上其中寄托着书写者对于主流正统文化价值的质疑与挑战——而狐女形象或者狐狸叙事,成为了这种文本中的反封建、反礼教追求的具体承担者与实现者。

播衍

在狐精传说中，白狐传说（文化）及九尾狐传说（文化）播衍流传尤为广泛久远。其实狐狸的毛色各种各样，但以白、黑、红三种毛色的狐狸被关注和神话者为多。另九尾狐也被神话，衍生出一种相对独特的九尾狐传说（文化）。上述民间狐传说，多少都与原始狐崇拜有着较为密切之关联。

这种民间狐崇拜或狐图腾在历史与现实的双重影响形塑之下，生成了各种异化变形的民间狐崇拜风俗，其中除了对于狐精（玄狐、灵狐、九尾狐等）的崇拜外，也包括对于狐精长寿及修炼成仙之后所获得的法力与法术的崇拜，譬如对于狐精能够修炼出所谓内外丹的传说的迷信等。

纪晓岚《阅微草堂笔记》中有段文字，涉及古代社会中对于狐狸修炼成仙说法的认识：

> 凡狐之求仙有二途：其一采精气，拜星斗，渐至通灵变化，然后积修正果，是为由妖而求仙。然或入邪辟，则干天律，其途捷而危；其一先炼形为人，既得为人，然后讲习内丹，是为由人而求仙。虽吐纳导引，非旦夕之功，而久久坚持，自然圆满，其途纡而安。

上述有关狐修炼成仙的两种方式，看上去似乎也暗示着世俗世界中的为人做事亦分为正与邪二种方式途径或类型一样。这样的观点，不仅表现在像纪晓岚这样的写作者对于狐的认知之中，在一般民间社会所信奉的各式各样与狐相关的崇拜之中，甚至像《狐狸缘全传》《三遂平妖传》这样的长篇章回体白话小说中亦同样存在着。

内蕴

原始狐崇拜文化及其变形

从《山海经》及相关文献记载来看,上古时期的中国曾经有过狐图腾的部族,青丘国、涂山氏或为其代表。

在这种图腾信仰与部族文化中,所崇拜的狐,显然不会是妖精,而是具有超出当时人类能力之神力的保护神和信仰神。

这种古代的狐崇拜文化,对于后世的狐崇拜之风俗与集体心理应当亦有影响。这种崇拜背后,其实潜隐着对于长寿不老、能力超凡的自然神、神兽的崇拜礼敬。而这种崇拜礼敬风俗,在时间上显然要早于宗教色彩的崇拜礼敬。当然,在古代先民对于狐神的崇拜礼敬中,是否也包含着对于狐神的恐惧,则需要进一步考察分析。

狐崇拜文化与古代先民对于土地的态度以及农耕文化关联密切。也因此,这种文化并非是完全脱离生活环境以及生活现实的一种闭门造车,譬如文人雅士在书房里面的虚构想象,而是有着较为深厚的社会与生活基础。与此有关,原始狐崇拜文化及其变形遂亦能流传播衍广泛久远。

古代性别身份与两性关系的另类想象

先秦时期的文献记载中,狐的形象与狐图腾部族的信仰有关,而且其中还关联着大禹与涂山女之间的历史性的"婚姻"。既因为这图腾信仰,又与这历史性的婚姻不无关系,狐在先秦时期的民间传说中就与女性关联在了一起——不仅因为涂山女所属部族以狐为图腾,而且依据后来的五行学说,狐狸属性亦属阴性——如此以来,后来传说中出现狐狸与性别身份以及两性关系时常关联在一起的说法亦就不奇怪了。

在与狐精相关的想象叙事中,狐精幻化成人形与世间男子衍生出一段情感故事者极为常见。这种人狐之恋故事,为什么在古代文学作品或者民间传说故事中如此普遍?究其缘由,恐非三言两句即能说清。不过,既然狐精的形象类型中,包含渗透有世间男性对于女性的某种性想象和性幻想,那么,与这种类型的想象和幻想有关的狐精故事,也就多少带有虚幻地满足上述想象与幻想心理的成分。

在儒家正统两性关系的规范中,尤其是对于青年男女之间的关系,有着极为严苛的规定甚至大防。也因此,父母之命、媒妁之言一类的规定,严格地限制了青年男女之间在婚前的见面接触。除了在远古时代的民间歌谣风俗中,或者是边地少数民族的生活中,可见少男少女之间自然朴素的正常关系,在儒家思想及礼仪规范之下的汉民族的日常生活中,青年男女之间对于彼此的性别认知,基本上只能够通过性别想象乃至幻想来呈现,因为现实经验是极度缺乏的。也正是因为现实经验或真实体验的极度匮乏,男女双方对于对方的想象,就往往容易出现理想化或妖魔化的现象。这种现象都有一个共同之处,那就是容易受到外部世界的影响塑形。也正是在此语境中,我们可以看到传说中的狐精形象对于后世之人的心理暗示与渗透塑形,另一方面,现实生活中的正常的两性关系不能够生成,反过来又进一步强化了传统狐精形象或话语的延续及影响。

男权中心话语生产出来的性别崇拜与性别歧视

毋庸置疑,延续至今的狐精传说或狐精文化中——尤其是突出狐精狐媚、骚情一面的叙述——大多是在男权中心话语生产机制中被源源不断地炮制出来的。所谓"妖由人兴"的事实,或者"人之相害,种种不一。狐虽异类，若不为人害，胜人类多矣！"之类的说法，大多与历史语境中的主流正统文化以及男权中心话语有关。而在上述主流正统文化以及男权中心话语中，对于狐精既有着性别歧视，亦有着性别崇拜。

性别崇拜的一面，体现在对于狐精形象背后的女性性别形象和性别能力的崇拜与向往，其中所包含着的对于女性的浪漫想象，与性别歧视语境中对于女性形象的道德伦理丑化和妖魔化的虚构，形成了针锋相对的两极。而恰恰是从这样的两极化的想象虚构中，彰显出人世间对于女性性别认识与评价上所存在着的巨大差异。而这种巨大差异的形成，实际上也反映出人间社会中对于女性的性别形象及认识判断，也缺乏牢固稳定的基本共识。在主流正统文化中对于女性性别以及两性关系的硬性规定及规范，在现实生活中造成正常性别接触与性别关系的阻隔与障碍，甚至严重影响到男女双方尤其是青年男女双方对于性别身份与性的认知与想象，并给之后的两性生活留下诸多不可预见和掌控的危险因素。

玖 钟馗捉鬼传说

民间有关钟馗的传说，显然与钟馗这个人密不可分。目前可见文献史料中，有一种说法流传较广，即钟馗乃唐玄宗时代一位"不捷之进士"。亦有说钟馗为终南山人氏者，（亦有说钟馗出生并生活在陕西西安周至终南山，即终南镇终南村。）"因武德中应举不捷，羞归故里，触殿阶而死。"

因为"应举不捷"、"羞归故里"，便选择"触殿阶而死"，这个故事里的钟馗，确实刚烈率性。不过，如何将钟馗这样一个"羞归故里"之人，与民间对于妖孽鬼魂的观念结合起来，又赋予钟馗专职降妖伏魔、祛病除灾的德能，大概与道教有关。而钟馗后来也被纳入到道教神话体系，被供奉为"赐福镇宅圣君"、"万应之神"。

不过，对于钟馗生活于唐开元之际的说法，沈括在其《梦溪笔谈》中亦曾提出过质疑，甚至于对钟馗的原型亦有不同说法，认为"盖自六朝之前固已有之"。（有关钟馗之来历，以及与之相关的捉鬼传说，明清两朝不少学者做过专门考证研究。可参阅明杨慎、清顾炎武以及赵翼的相关著述。今人对于钟馗来源及其捉鬼传说亦有不少新解，此不赘述。）

作为一位在民间社会被高高供奉的"民间神"，钟馗的形象及地位显然都经过了"改造"，与庙堂及知识阶层所流传的钟馗形象及钟馗事迹有较大落差。而经过"改造"之后的钟馗形象，显然更为深入人心。

只是这与那个传说中因为"应举不捷"便"触殿阶而死"的钟馗之间，反差不可谓不大。而钟馗的"地位"，也从"鬼差判官"，擢升为"赐福镇宅圣君"，直至道教中的"万应之神"。

但有一点基本上可以确定，那就是唐玄宗的梦与吴道子的钟馗画像,对于钟馗这一传说的播衍流布,产生了非常大的影响。无论之前是否早已存在钟馗及其传说,不能否认的是,自唐开元起,钟馗的传说大概更为深入人心了。

传说

沈括《梦溪笔谈·补笔谈·吴道子画钟馗》

沈括的《梦溪笔谈》之"补笔谈"中，辑录有一则与钟馗相关的文献记载：

> 禁中旧有吴道子画钟馗，其卷首有唐人题记曰："明皇开元讲武骊山，幸翠华还宫，上不怿，因疠作，将逾月，巫医殚伎，不能致良。忽一夕，梦二鬼，一大，一小。其小者衣绛犊鼻，屦一足，跣一

足，悬一屦，握一大筠纸扇，窃太真紫香囊及上玉笛，绕殿而奔。其大者戴帽，衣蓝裳，袒一臂，鞟双足，乃捉其小者，刳其目，然后擘而啖之。上问大者曰："尔何人也?"奏云："臣钟馗氏，即武举不捷之进士也。"乃诏画工吴道子，告之以梦曰："试为朕如梦图之。"道子奉旨，恍若有睹，立笔图讫以进，以瞠视久之，抚几曰："是卿与朕同梦耳，何肖若此哉！"道子进曰："陛下忧劳宵旰，以衡石妨膳，而得犯之。果有蠲邪之物，以卫圣德。"因舞蹈，上千万岁寿。上大悦，劳之百金，批是："灵只应梦，岁暮驱除，可宜遍识，以祛邪魅，兼静妖氛。仍告天下，悉令知悉。"

古代民间传说中的"钟馗捉鬼"，与钟馗的来历有关。没有钟馗，自然也就不会有钟馗捉鬼的传说。

陈耀文《天中记》录《唐逸史·梦钟馗》

相对于《梦溪笔谈》中所辑文献及其来源，明陈耀文所编撰《天中记》中，亦有一则与钟馗有关文献，据云征引自《唐逸史》：

> 明皇开元讲武骊山翠华还宫，上不悦，因痁疾作昼梦。一小鬼，衣绛犊鼻，跣一足履一足，腰悬一履搢一扇。盗太真绣香囊及上玉笛，绕殿奔戏上前。上叱问之，小鬼奏曰："臣乃虚耗也。"上曰："未闻虚耗之名"。小鬼奏曰："虚者，望空虚中，盗人物如戏。耗，即耗人家喜事成忧。"上怒，欲呼武士。俄见一大鬼，顶破冒，衣蓝袍，系角带，鞹朝靴。径捉小鬼，先刳其目，然后擘而啖之。上问：大者，尔何人也？奏云：臣钟南山进士钟馗也。因武德中应举不捷，羞归故里，触殿阶而死。是时奉旨赐绿袍以葬之，感恩祭祀与我，主除天下虚耗

妖孽之事。言讫，梦觉，痁疾顿疗。乃诏画工吴道子曰：试与朕如梦图。道子奉旨，恍若有觌，立笔成图。

此文献亦见之于《绘图三教源流搜神大全》之"钟馗"篇。

其实，对于钟馗信仰，即便是在钟馗的家乡陕西，宋代时期亦未必就比后代更为盛行。沈括《梦溪笔谈》中还有一则记载，为其亲身经历，关涉当时民间土人的除病祛灾做法，兹录如下：

关中无螃蟹。元丰中，予在陕西，闻秦州人家收得一干蟹，土人怖其形状，以为怪物，每人家有病疟者，则借去挂门户上，往往遂差。不但人不识，鬼亦不识也。

倘若当时钟馗信仰在民间已经普及，想来亦不至于以"干蟹"来作为祛除"疟疾"的"神物"吧。不过民间社会也确实存在着众神崇拜的习俗,所以在钟馗之外,亦病急乱投医地悬挂一下"干蟹"一类的"异物"来辟邪,似乎也没有多少值得大惊小怪的。

播衍

  钟馗及其捉鬼的神话传说，大概是中国古代民间传说中最为深入人心而且民俗化程度也相当高的神话传说之一。

  在钟馗及其捉鬼传说民俗化的进程中，大体上经历了"去傩""去巫""驱瘟神""成为门神""驱鬼"等形式。而在上述民俗化过程中，钟馗这一形象进入民间社会并被神化，并非仅仅依靠民间社会的力量或者民众的想象与建构。与其中播衍久远、影响亦大的民间传说一样，在钟馗及其传说传播演绎的过程中，还有其他不少表现形式、途径、方法等参与其中，并扮演着各自重要的角色，譬如绘画（包括文人画以及民间年画等）、文人题咏、各种地方曲艺形式等。

钟馗捉鬼的传说，尤其是将钟馗画为门神，这一习俗究竟缘起于何时，沈括《梦溪笔谈》中有一段文字，亦曾对此提出过疑问：

> 岁首画钟馗于门，不知起自何时。皇祐中，金陵发一冢，有石志，乃宋宗悫母郑夫人，宗悫有妹名钟馗，则知钟馗之设亦远。

可见钟馗、钟馗捉鬼、钟馗作为门户守护神，以及"万应之神"等，其间附会整合当有一个历史过程，此形象及其关联故事传说等，亦曾经历过"变更"。至于钟馗嫁妹的演绎传说，是否与上述记载有关，亦殊难考证。但上述记载却有助于了解像钟馗捉鬼这样的民间传说，其缘起、演变的一般状况，其路径与大多数民间传说并无二致。

有一点可以肯定，那就是在唐代，已经出现了不少与钟馗及其相关的文献记载及可考的民俗习惯，其中文人题詠及朝堂之上的君臣赏赐谢恩等行为中，尤可为证。

据记载，在唐代，尤其是在唐玄宗那一与钟馗有关的"梦"之后，唐代诗文中屡见为上赐钟馗画像而进表谢恩者。其中著名者如下：

唐玄宗时大臣张说撰《谢赐钟馗及历日表》一文，其中有"中使至，奉宣圣旨，赐画钟馗一及新历日一轴……"之类文字；诗人刘禹锡（722—842）也撰写过二份同类性质的文书《为李中丞谢钟馗历日表》和《为杜相公谢钟馗历日表》，记载了德宗朝颁发和悬挂钟馗画驱邪的年俗。《为杜相公谢钟馗历日表》中云："臣某日，高品某乙至，奉宣圣旨，赐臣钟馗一，新历日一轴。星纪方回，虽逢岁尽；恩辉忽降，已觉春来。伏以图写神威，驱除群厉，颁行律历，敬授四时。施张有严，既增门户之贵；动用协吉，常为掌握之珍。"可见当时至少在朝堂君臣之间，已经出现由上赐钟馗画像以为年节贺礼的习俗。至于当时此习俗是否仅限于官吏文人中间，在民间这种习俗是否已经普及，尤其是普通百姓家里是否亦有此新春民俗，大概还需要更多佐证。

不过，敦煌遗书中发现有唐变文写本《除夕钟馗驱傩文》，这似乎可以进一步说明，至少在唐玄宗时期，钟馗这一神话传说人物及其最主要的形象塑造"捉鬼者"，基本上已经定型。

钟馗捉鬼的传说在播衍方式上，绘画方面的影响力几乎一枝独秀，此外是一些民间风俗。相比之下，在文字文本譬如戏曲小说方面，钟馗捉鬼的传说显得略微逊色，不过亦并非全然没有。明清时期，钟馗捉鬼的章回体小说有《钟馗全传》《斩鬼传》和《平鬼传》等。其中多述神鬼地狱一类，尤其是对地狱十殿的想象叙述，极尽血腥恐怖夸张，当然这些都是在钟馗死后奉玉帝旨意，巡查冥司之际所巡查到的。而对于钟馗所捉鬼魅妖魔一类的想象叙述，亦颇为稀奇怪异，有山魈、蝙蝠等；亦有人间一些坏人作祟，而钟馗出而证除者。不过像《钟馗全传》这一小说文本，大概也是对于钟馗生平及事迹予以相对完整之描写叙述者，所以从中亦可以考察在明万历年间钟馗传说播衍流传的大概状况。而该著据考刊印于闽，所以可知唐时这一据称缘起于陕西一带的神话传说，在其后五六百年间已经流传到东南沿海一带，而且故事结构也更为完整。

进入现代社会之后，鬼神观念遭到了极大挑战，也因此，与鬼神有关的一些信仰与民间神话传说等，亦不免有些削弱。但作为一种曾经的历史文化现象，钟馗传说早已经深入到传统民间文化的血脉当中，且影响深远。

迄今，在传说中钟馗这一形象的原型故里，民间请钟馗、跳钟馗、闹钟馗的习俗古风犹存。这里专门画钟馗的画家亦人数众多。据说这里还收藏有唐代画家吴道子所画《钟馗神威图》古碑。这里的信奉钟馗习俗，不仅可以作为钟馗传说播衍流布方式的一种鲜活见证，而且也可以借助于考察民间习俗中的钟馗信仰及其表达方式。

内蕴

民间传说中的钟馗及其捉鬼的故事，究竟表达了什么样的思想和情感？

在钟馗传说中，有一点可以明确，那就是该传说所传递出来的"驱鬼逐灾"信息，与古代先民在医疗科技不发达、文化不昌明的时代，很多情况之下只能够通过这种祈祷神灵保佑的方式，来求得家人乡邻健康平安的集体意识密不可分。换言之，钟馗及其相关传说的出现，其实是与中国古代民间这种集体意识及文化心理有着紧密联系。事实上，中国古代民间掌司降妖伏魔、驱鬼祛灾"技能"的神仙大师，显然并非只有钟馗一人。在道教神仙天师谱系中，抑或在民间传说里的神仙人物中，还有不少神仙天师的能耐似乎比钟馗还要大，为什么钟馗这一传说中的形象，却能够更为深入人心且流布久远呢？

这或许与钟馗这一形象的缘起叙事有关，但与哪些话语力量参与到了这一传说的建构传播之中似乎更为相关。譬如在钟馗传说中，在唐代出现了帝王及其朝臣们与这一传说相关的"故事"。而帝王及文人的参与，素来对民间传说的影响扩大至为重要甚至关键。"白蛇传说"中方天培的《雷峰塔奇传》的创作问世，就与当时的一个历史事件有关，而该著作对于白蛇传说的结构、人物形象、主题等的完善提升亦相当重要。之所以重要，除了作者的因素之外，与该著作产生的一个时代历史事件亦不无关系。而在钟馗捉鬼这一传说的早期文献中，唐代无疑是对于这一传说起到了极为重要的推动作用的一个朝代。而恰恰是在唐代与钟馗捉鬼传说相关的文献中，不仅有帝王的出现，还有文人雅士的大量参与。

敬神驱鬼、去病祛灾主题

在钟馗捉鬼神话传说中，其实与古代民间社会一直存在着的敬神驱鬼、去病祛灾的诉求及民俗密不可分。也可以说，钟馗及其传说，不过是为满足上述心理需求而在某一朝代、通过某一方式（甚至多重方式）而制造出来的一尊新神而已。而新神的制造，也不过是为了更好地满足民间的上述需求及崇拜心理。对于自然界及生命中的神秘而难解的现象，既有敬而远之的态度选择，更有敬而畏之的现实土壤。而当过去的神祇不大灵验，或者说统治阶层需要制造出来新的神祇以掌控相关话语权的时候，钟馗这一神话人物也就应运而生了。而且，其降妖驱魔的能力也有意识地被做了一些"差异化处理"，即有别于之前或同时期其他一些具有同样神力的去巫驱魔者。

而循此主题而刻画的钟馗形象也不少：

惊醒众生痴迷梦

浩然正气通天地

终南山魁判戏鬼图（局部）

终南山魁判戏鬼图

终南进士如明镜

壮哉终南一进士

文武双全钟进士钟馗终南仰福

七鬼闹钟馗

乐天知命无喜无忧

终南仰福镇宅神判

钟馗读经图

浩气冲天福自天降

钟馗剖鬼

钟馗称鬼

钟进士戏鬼图

上述这些与钟馗有关的图画，大体上表现的是民间社会对于敬神驱鬼、去病祛灾心理，当然这些也都是与钟馗相关者。

扶正祛邪、扬善惩恶主题

钟馗捉鬼的传说,既有现实的、功利的内涵指向,亦有很强的思想上、文化上,以及心理上的象征意义。而钟馗这一形象及其降妖驱魔的传说故事,亦不仅限于人世间之外的世界。在后来流传的不少钟馗故事中,亦有一部分就是他直接参与到人间不平积冤之中而使之得以伸展者。

> 独行且逍遥
> 秉清刚之德
> 心正心诚德品高
> 善恶功过自分明
> 正义浩然钟进士

上面这些形象及行为的赞美之词，当然都是奉献给钟馗的，而深究这些褒扬之词，会发现这些词语并非是专为降妖除魔的神仙天师一类的"大神"所设，人世间那些敢于坚持原则、秉公执法、维护纲纪、捍卫法律的清官能吏，似乎也可以得到类似褒扬。其实上面这些图画中的钟馗形象，就是一个行走在人间世的"捍卫者"或者"降服者"形象，只不过他已经不再是一个人世间的普通生命，而是一个超越于人间世、位列仙班的

正义不可挑战亦不可战胜主题

民间传说中对于钟馗不可挑战、不可动摇亦不可战胜的形象及能力的想象和叙述，其实也隐喻着钟馗所代表象征的事业、力量的不可挑战、不可动摇和不可战胜。钟馗越是被塑造歌颂成为一个大英雄、无所不能的神仙天师，也就越是意味着人世间或世间之外的清明世界之中，还存在着绝对的正义、绝对的勇敢与绝对的公平

公正。

千古英雄气

剑光疾如电

纱帽歪斜存正气

不怕鬼妖暗中伤

即空即有证圆通

寒秋赶京图

群婴戏老馗(局部)

群婴戏老馗

钟馗观梅

拔剑一呼鬼哆嗦

松荫钟进士

我今欲挥三尺剑

红袍猛气冲

镇宅真君钟进士

镇宅保平安

我是钟馗我怕谁

钟馗剑断百邪图

钟馗圣君通经纶

三尺宝剑悬青天

上述这些图画中的钟馗形象，大多带有神圣不可挑战、不可战胜的象征隐喻。钟馗是古代传说中的神话人物，同时也是千百年来中华民族扶正祛邪、扬善除恶的精神寄托与正义力量的理想象征，并深受劳动人民之崇敬热爱。

参考文献

白蛇传说

《雷峰塔传奇》(4卷),[清]方成培著,清乾隆间刻本,1函4册,复旦大学图书馆古籍部。

《新刻东调雷峰塔白蛇传》(6卷),[清]佚名撰,1函,复旦大学图书馆古籍部。

《新刻白蛇传雷峰塔》(12卷),佚名撰,民国间石印本,复旦大学图书馆古籍部。

《新编雷峰塔奇传》(5卷),[清]玉山主人撰,[清]玉花堂主人校订,民国间石印本,复旦大学图书馆古籍部。

《雷峰塔传奇叙录及其他》,阿英著,山西人民出版社,2018年,太原。

《雷峰塔》，方成培编撰，俞为民校注，台湾三民书局，2013年，台北。

《西湖文献集成第15册：雷峰塔专辑》，王国平主编，杭州出版社，2005年，杭州。

《雷峰塔的传说》（又名《白娘娘》），谢颂羔编，竞文书局，1939年，上海。

《雷峰塔传奇》，［清］岫云词逸撰，刻袖珍本，水竹居，清乾隆三十七年（1772年），1函8册，复旦大学图书馆古籍部。

《新刻时兴雷峰塔古迹白蛇记全本》，4卷30回，刻本，联益堂，1函1册，复旦大学图书馆古籍部。

《白蛇传集》（民间文学资料丛书之二），傅惜华编，上海出版公司，1955年，上海。

孟姜女传说

《新刻孟姜女寻夫真本》，1卷，［清］佚名撰，松野堂石印本，1册1函，普通线装。

《新刻孟姜女万里寻夫真本》，1卷，佚名撰，文益书局民国间，石印本，1册1函，普通线装。

《孟姜女送夫》，1卷，《孟姜女寻夫》，1卷，佚名编，民国间刻本，1册1函，普通线装。

《孟姜女唱春孟姜女寻夫哭七》，1卷；佚名撰，民国间坤厚书庄，刻本，1册1函，普通线装。

《孟姜女故事研究及其他》，顾颉刚著，商务印书馆，2014年，北京。

《嘉山孟姜女传说研究》，王荫槐主编，湖南师范大学出版社，2012年，长沙。

《碧奴》，苏童著，重庆出版社，2006年。

《名家谈孟姜女哭长城》，顾颉刚等著，陶玮选编，文化艺术出版社，2006年，北京。

《中国四大爱情传奇》，段怀清著，中国出版集团/东方出版中心，2009年1月，上海。

《孟姜女故事论文集》，顾颉刚著，中国民间文艺出版社，1983年。

《孟姜女长篇叙事吴歌记录稿》，姚永根著，江苏省民间文学工作协会苏州分会，1983年。

《孟姜女万里寻夫集》，路工著，古典文学出版社，1957年，北京。

《孟姜女》（中篇小说），张恨水著，北京出版社，1957年。

牛郎织女传说

《古本平话小说集》，路工、谭天合编，人民文学出版社，1984年，北京。

《名家谈牛郎织女》，钟敬文等著，陶玮选编，文化艺术出版社，2006年，北京。

《牛郎织女》，朱恒夫编著，江苏古籍出版社，2000年，南京。

《论中国古代四大民间传说》，罗永麟著，中国民间文艺出版社，1986年，北京。

《古本小说集成·牛郎织女传》，影印本，朱名世著，上海古籍出版社，1993年。

《牛郎织女》（京剧），严朴著，上海文化出版社，1956年。

《牛郎织女笑开颜》（庐剧），金芝著，人民文学出版社，1958年，北京。

《牛郎织女》（新评剧），范钧宏著，北京宝文堂书店，1954年。

《牛郎织女》（越剧），徐进著，上海新华书店，1950年。

《牛郎织女》，吴祖光著，开明书店，1946年。

《小说见闻录》，戴不凡著，浙江人民出版社，1980年，杭州。

梁山伯与祝英台传说

《新刻梁山伯祝英台夫妇攻书还魂团圆记》（普通古籍），16卷，［清］佚名撰，文益书局，普通线装。

《梁山伯祝英台宝卷》，1卷，佚名撰，祝元抄本（1943年），善本线装。

《绣像梁祝因缘大双蝴蝶全传》，2卷30回，［清］杏桥主人，上海书局，1900年，1册1函，石印本，普通线装。

《绘图新编时调大双蝴蝶》，4卷30回，［清］杏桥主人编写，石印本，4册1函，普通线装。

《梁山伯与祝英台》，俞为民编著，江苏古籍出版社，2000年，南京。

《梁祝文化大观》（曲艺小说卷、戏剧影视卷、学术论文卷、古诗歌谣卷），周静书主编，中华书局，2000年，北京。

《名家谈梁山伯与祝英台》，钱南扬等著，陶玮选编，文化艺术出版社，2006年，北京。

目连救母传说

《新编目连救母劝善戏文》，3卷，［明］郑之珍，高石山房刻本，明万历十年（1582）。

《新刻出相音注劝善目连救母行孝戏文》，3册，［明］郑之珍编，金陵富春堂刻维新书局印本，清。

《目连救母幽冥宝卷》，不分卷，［清］光绪十八年1892年。

《绘图目连救母全卷》，4卷100折，［明］郑之珍，上海燮记书庄，1912年。

《目连救母故事之演进及其有关文学之研究》，陈芳英著，台湾大学文史丛刊（65），台湾大学出版委员会，1983年，台北。

《莆仙戏目连救母》,刘祯校订,财团法人施合郑民俗文化基金会,民俗曲艺丛书,1994年,台北。

《浙江省新昌县胡卜村目连救母记》,徐宏图、张爱萍校订,台北财团法人施合郑民俗文化基金会,民俗曲艺丛书,1998年,台北。

《泉腔目连救母汇释》,施炳华注释,2018年,台北。

《皖人戏曲选刊》,《郑之珍卷:新编目连救母劝善戏文》,[明]郑之珍撰,朱万曙点校,安徽古籍丛书,黄山书社,2005年,合肥。

《泉腔目连救母》,龙彼得、施炳华校订,财团法人施合郑民俗文化基金会,民俗曲艺丛书,2001年,台北。

八仙过海传说

《吕洞宾故事》,林兰著,北新书局,1933年,上海。

《吕洞宾传奇》,施伯冲著,农村读物出版社,1999年,北京。

《吕洞宾点药材》,1卷,节诗17首、禁忌歌2首,[清]抄本,善本线装,1函1册。

《新刻八仙全图》,2卷,[清]佚名撰,刻本,普通线装,清末义盛堂,1函1册。

《八仙全传》,[清]无垢道人著,北方文艺出版社,2016年。

《八仙故事系统考证:内丹道宗教神话的建构及其流变》,吴光正著，中华书局，2006 年，北京。

《华光天王传》，《八仙出处东游记》，[明] 余象斗编，[明] 吴元泰著，古本小说集成影印本，上海古籍出版社，1990 年，上海。

《道藏》，第 24 册。

《改良绣八仙》，1 卷，佚名，同兴书局，1946 年，上海。

《八仙外传》，顾仲彝著，上海世界书局，1945 年，上海。

《绣像八仙出处东游记》，2 卷，[明] 吴元泰著，大成书局，1927 年，上海。

《后八仙图》，不分卷，遵义铁笔书屋，1917 年。

《新刻时调说唱八仙缘》，4 卷 12 回，[清] 朱梅庭著，耕本堂，1872 年。

《八仙庆寿》，1 卷，[清] 佚名撰。

《八仙上寿宝卷》，1 卷。

《新造八仙图》，10 卷，瑞文堂。

《八仙图》，2 卷，钟名扬。

端午·屈原传说

《端午与屈原：中国端午节俗与屈原文化学术研讨会论文集》，罗杨主编，中国社会出版社，2016 年，北京。

《端午节：国家、传统与文化表述》，宋颖著，商务印书馆，

2016年,北京。

《集美端午文化论坛论文集》,石奕龙主编,厦门市中华传统文化研究会编,厦门大学出版社,2016年,厦门。

《中国端午节》,1—6卷,刘晓峰等,广西师范大学出版社,2013年,桂林。

《端午》,刘晓峰著,北京三联书店,2010年,北京。

《话说端午》,陈连山著,中国节庆文化丛书,上海古籍出版社,2008年,上海。

《中国研究论集》,〔日〕山田英雄著,日本东京白帝社,2006年,东京。

狐精传说

《狐狸信仰与狐精故事》,李寿菊著,台湾学生书局,1995年,台北。

《俗文学丛刊》,王汎森编,台湾中央研究院历史语言研究所,2004年,台北。

《狐狸缘全传》,〔清〕醉月山人,黑龙江美术出版社,2016年,哈尔滨。

《狐狸的诗学》,李正学著,中国社会科学出版社,2014年,北京。

《灵山狐狸》,青岛市民间文学集成办公室,1987年。

钟馗捉鬼传说

《钟馗捉鬼传》，樵云山，上海文化出版社，1958年，上海。
《钟馗考》，陆萼庭著，香港中文大学昆曲研究推广计划丛书（2），上海古籍出版社，2017年，上海。
《醉钟馗像》，［清］金农绘，刻石清末拓本。
《千姿百态钟馗画谱》，刘昌华著，国画训练新编系列（3），上海书店出版社，2016年，上海。
《夏荆山佛画艺术全集（9）：钟馗天师卷（一、二、三）》，夏荆山著，北京工艺美术出版社，2016年，北京。
《钟馗全传》，［明］不题撰人，［清］烟霞散人、云中道人著。中国历代人物演义书系，中国戏剧出版社，2015年，北京。
《钟馗精选集》，范曾著，天津杨柳青画社，2006年，天津。
《钟馗研究》，郑尊仁著，语言文学学术著作系列，台湾秀威资讯科技股份有限公司，2004年，台北。
《何典、斩鬼传、唐钟馗平鬼传合刊》，张南庄、刘璋、东山云中道著，台北三民书局，1998年。
《铁树记：唐钟馗全传》，［明］邓志谟著；影印本，上海古籍出版社，1990年。

后 记

对于口传文学或者更为宽泛意义上的俗文学,我不仅一直保持着阅读上的兴趣,也有着一定程度上的学术自觉。其中因缘来由,一言难尽,此不赘述。

十多年前,我曾经因缘际会地涉及与上述阅读及学术关注相关的工作,之后尽管不曾再有机会深入,但阅读与关注仍一直保持着,并未中断。

直至此次有机会,再次就中国古代民间传说这一专题写点东西,尽管这并非是我的专业领域,但个人兴趣与坚持,成为我欣然接下这一工作并很快就完成了的重要支撑。

这本小册子一共选择了九个无论是在时间上,还是在地域空间上传播都较为久远的民间传说。每个传说在体例上都按照本事、播衍、内蕴及参考文献这四部分来完成。其中参考文献中所列古代部分,皆为复旦大学图书馆古籍部所收藏,特予说明。

感谢孙晶女士、张艳堂先生的盛情邀约。感谢上海文艺出版社责任编辑的协助。

段怀清

2018 年 7 月 22 日,沪上

图书在版编目（CIP）数据

民间传说里的中国/段怀清著.-上海：上海文艺出版社.2019.7(2023.6重印)

（九说中国）

ISBN 978-7-5321-7098-2

Ⅰ.①民… Ⅱ.①段… Ⅲ.①民间故事－文学研究－中国

Ⅳ.①I207.73

中国版本图书馆CIP数据核字（2019）第111183号

发 行 人：毕 胜
策 划 人：孙 晶
责任编辑：余雪霁
封面设计：胡斌工作室

书　　名：民间传说里的中国
作　　者：段怀清
出　　版：上海世纪出版集团　上海文艺出版社
地　　址：上海市闵行区号景路159弄A座2楼 201101
发　　行：上海文艺出版社发行中心
　　　　　上海市闵行区号景路159弄A座2楼206室 201101 www.ewen.co
印　　刷：上海中华印刷有限公司
开　　本：787×1092 1/32
印　　张：8.375
插　　页：2
字　　数：116,000
印　　次：2019年7月第1版 2023年6月第7次印刷
Ｉ Ｓ Ｂ Ｎ：978-7-5321-7098-2/K·0386
定　　价：27.00元

告 读 者：如发现本书有质量问题请与印刷厂质量科联系　T:021-69213456